共和国故事

西南干线

——襄渝铁路设计施工与建成通车

张学亮 编写

吉林出版集团股份有限公司

图书在版编目（CIP）数据

西南干线：襄渝铁路设计施工与建成通车/张学亮编. —长春：吉林出版集团股份有限公司，2009.12

（共和国故事）

ISBN 978-7-5463-1888-2

Ⅰ．①西… Ⅱ．①张… Ⅲ．①纪实文学－中国－当代 Ⅳ．①I25

中国版本图书馆 CIP 数据核字（2009）第 237692 号

西南干线——襄渝铁路设计施工与建成通车

XINAN GANXIAN　XIANGYU TIELU SHEJI SHIGONG YU JIANCHENG TONGCHE

编写	张学亮		
责任编辑	祖航　林丽		
出版发行	吉林出版集团股份有限公司		
印刷	三河市嵩川印刷有限公司		
版次	2010 年 1 月第 1 版		2022 年 1 月第 8 次印刷
开本	710mm×1000mm　1/16	印张　8	字数　69 千
书号	ISBN 978-7-5463-1888-2		定价　29.80 元
社址	吉林省长春市福祉大路 5788 号		
电话	0431－81629968		
电子邮箱	tuzi8818@126.com		

版权所有　翻印必究

如有印装质量问题，请寄本社退换

前　言

自 1949 年 10 月 1 日中华人民共和国成立至今，新中国已走过了 60 年的风雨历程。历史是一面镜子，我们可以从多视角、多侧面对其进行解读。然而有一点是可以肯定的，那就是，半个多世纪以来，在中国共产党的领导下，中国的政治、经济、军事、外交、文化、教育、科技、社会、民生等领域，都发生了深刻的变化，中国人民站起来了，中华民族已屹立于世界民族之林。

60 年是短暂的，但这 60 年带给中国的却是极不平凡的。60 年的神州大地经历了沧桑巨变。从开国大典到 60 年国庆盛典，从经济战线上的三大战役到经济总量居世界第三位，从对农业、手工业、资本主义工商业的三大改造到社会主义市场经济体制的基本确立，从宜将剩勇追穷寇到建立了强大的国防军，从废除一切不平等条约到独立自主的和平外交政策，从"双百"方针到体制改革后的文化事业欣欣向荣，从扫除文盲到实施科教兴国战略建设新型国家，从翻身解放到实现小康社会，凡此种种，中国人民在每个领域无不留下发展的足迹，写就不朽的诗篇。

60 年的时间在历史的长河中可谓沧海一粟。其间究竟发生了些什么，怎样发生的，过程怎样，结果如何，却非人人都清楚知道的。对此，亲身经历者或可鲜活如昨，但对后来者来说却可能只是一个概念，对某段历史的记忆影像或不存在，或是模糊的。基于此，为了让年轻人，特别是青少年永远铭记共和国这段不朽的历史，我们推出了这套《共和国故事》。

《共和国故事》虽为故事，但却与戏说无关，我们不过是想借助通俗、富于感染力的文字记录这段历史。在丛书的谋篇布局上，我们尽量选取各个时代具有代表性或深具普遍意义的若干事件加以叙述，使其能反映共和国发展的全景和脉络。为了使题目的设置不至于因大而空，我们着眼于每一重大历史事件的缘起、过程、结局、时间、地点、人物等，抓住点滴和些许小事，力求通透。

历史是复杂的，事态的发展因素也是多方面的。由于叙述者的视角、文化构成不同，对事件的认知或有不足，但这不会影响我们对整个历史事件的判断和思考，至于它能否清晰地表达出我们编辑这套书的本意，那只能交给读者去评判了。

这套丛书可谓是一部书写红色记忆的读物，它对于了解共和国的历史、中国共产党的英明领导和中国人民的伟大实践都是不可或缺的。同时，这套丛书又是一套普及性读物，既针对重点阅读人群，也适宜在全民中推广。相信它必将在我国开展的全民阅读活动中发挥大的作用，成为装备中小学图书馆、农家书屋、社区书屋、机关及企事业单位职工图书室、连队图书室等的重点选择对象。

编　者
2010年1月

目录

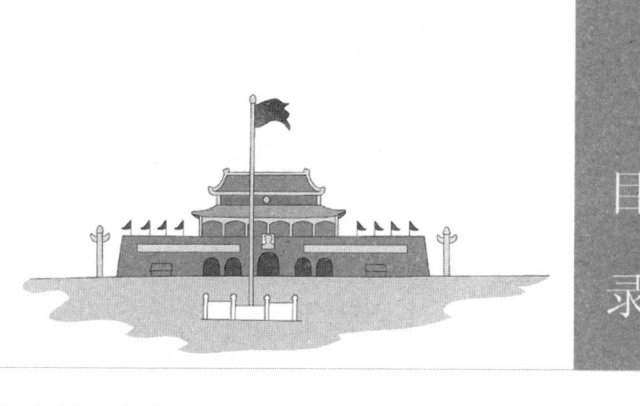

一、中央决策与规划
中央发出建设大三线号召/002
周恩来决定修建襄渝铁路/011
指挥部决定增援襄渝铁路建设/015
勘测设计与施工同时进行/019

二、铁路施工与建设
抢修通往工地的公路/024
英雄连队修建大桥/032
修建紫阳汉江大桥/039
打通襄渝榆溪河隧道/046
打通襄渝马坊梁隧道/059
打通襄渝大巴山隧道/066
军民携手抗洪保路/080
打通襄渝华蓥山隧道/088
修建襄渝嘉陵江大桥/093
水上运输筑路物资/099

三、铁路通车与启用
襄渝铁路全线通车/108
制服襄渝蒙脱土灾害/111
锚山固石保障铁路安全/114

一、中央决策与规划

● 毛泽东指出：要有第三线，要搞西南后方，在西南形成冶金、国防、石油、铁路、煤、机械工业基地。

● 周恩来说："毛主席亲自确定了襄渝铁路的走向，这条铁路要快修。修好这条铁路，四川就形成了四通八达的局面，'天府之国'的交通就活了。"

● 周恩来再三嘱咐何辉燕说："这个任务就交给你们铁道兵了，要带领和团结广大人民群众，把铁路早日修起来！"

中央发出建设大三线号召

1964年,毛泽东和中共中央作出一项重大的战略决策,集中力量进行中国的大三线建设。

毛泽东提出三线建设的战略构想,他指出:

把全国划分为前线、中间地带和战略后方,分别简称为一线、二线和大三线。

按照中国军事经济地理区划,沿海地区是第一线,包括沿海和边疆省区。如北京、上海、天津、辽宁、黑龙江、吉林、新疆、西藏、内蒙古、山东、江苏、浙江、福建、广东等。

三线则是指长城以南、广东省韶关以北、京广铁路以西、甘肃乌鞘岭以东的广大地区。包括基本属于内地的四川、贵州、云南、陕西、甘肃、宁夏、青海7个省区及山西、河北、河南、湖南、湖北、广西等省区靠内地的一部分,共涉及13个省区。

四川、云南、贵州及湘西、鄂西为西南三线,陕、甘、宁、青及豫西、晋西为西北三线。

相对于西北、西南的大三线,中部及沿海地区腹地称小三线。

介于一、三线地区之间地带，就是二线地区。

1960年中苏两国的关系急剧恶化，苏联在我国北部边境陈兵百万，对我国虎视眈眈。

盘踞在台湾的蒋介石政权咄咄逼人，妄图反攻大陆。

1962年，印度在中印边境挑起事端，直接导致中印军事冲突。

1964年，美国制定了绝密报告《针对共产党中国核设施进行直接行动的基础》，试图出动空军袭击中国即将进行第一颗原子弹试验的核基地，并打算联合苏联进行。

美军在台湾海峡举行了核战争演习。

1964年8月2日，北部湾事件爆发，美国驱逐舰"马克多斯号"与越南海军鱼雷舰发生激战，美国第七舰队125艘军舰、600余架飞机开进北部湾，悍然袭击越南北部。

越南战争规模扩大，并延烧到中国南部地区，海南岛和北部湾沿岸都落下了美国的炸弹和导弹，直接威胁中国安全。

白宫扬言要教训中国，形势一度非常紧张。

这期间，毛泽东根据形势发展判断，当即告诫全国：

要准备打仗，准备大打，准备打常规战争，也要准备打核战争！

1964年5月到8月间，毛泽东多次就三线建设问题同中共中央和国务院有关部门负责人谈话，反复强调了建设三线的重要性。

在1964年6月6日的中央工作会议上，毛泽东作了讲话，讲话内容集中在两个方面：

1. 改变计划方法。过去制订计划的方法基本上是学苏联的，先定下多少钢，然后根据它来计算要多少煤炭、电力和运输力量，再计算要增加多少城镇人口、多少福利。

钢的产量变小，别的跟着减。这是摇计算机的办法，不符合实际，行不通。这样计算，把老天爷计算不进去，国际援助也计划不进去，天灾来了，偏不给你们那么多粮食，城市人口不增加那么多，别的就落空。打仗计划不进去，国际援助也计划不进去。

要改革计划方法，这是一个革命。学上了苏联方法以后，成了习惯势力，似乎难以改变。这几年我们摸索出了一些方法，我们的方针是以农业为基础，以工业为主导。

按照这个方针制订计划，先看能生产多少粮食，再看需要多少化肥、农药、机械、钢铁，还要考虑打仗的需要。

2. 进行战备，只要帝国主义存在，就有战争的危险。我们不是帝国主义的参谋长，不晓得他们什么时候要打仗。决定战争最后胜利的不是原子弹，而是常规武器。

要搞三线的工业基础的建设，一、二线也要搞点军事工业。各省都要有军事工业，要自己造步枪、冲锋枪、轻重机枪、迫击炮、子弹、炸药。有了这些东西，就放心了。

一个多月前，总参谋部向中央的报告中谈道：

在敌人突然袭击时，情况相当严重。

第一，工业过于集中。全国 14 个百万以上人口大城市，就集中了约 60% 的主要民用机械和 52% 的国防工业。

第二，大城市人口多。全国 14 个百万以上人口的大城市，大都在沿海地区，防空问题尚无有效措施。

第三，主要铁路枢纽、桥梁和港口码头多在大城市附近，还缺乏应付敌人袭击的措施。

第四，所有水库的紧急泄水能力都很小，一旦遭到破坏，将酿成巨大灾害。

除国防工业外，三年自然灾害的痛苦教训，使人们对于保证基本日常生活用品和食品的要求殊为迫切。

在1964年2月到4月，农业、财政、工交长期规划会议先后召开。

谭震林主持研究落实5亿亩稳产高产农田的建设问题。

李先念主持财贸会议讨论农产品收购政策。

薄一波主持工交会议。

长期规划会议认为：

"三五"计划的中心任务：

一是按不高的标准基本上解决吃穿用，1970年粮食达到300亿公斤左右，衣着消费量达到人均8米左右；

二是兼顾国防，解决国防所需的常规武器，突破国防尖端技术；

三是加强基础工业对农业和国防工业的支援。

归纳起来就是：吃穿用第一，基础工业第二，国防第三。

5月27日，毛泽东找来刘少奇、周恩来、邓小平、李富春、彭真、罗瑞卿等人谈了他的一些看法。

毛泽东从存在着战争严重威胁的估计出发，他提出：

在原子弹时期，没有后方不行。

……　……

"三五"计划要考虑解决全国工业布局不平衡的问题，要搞一、二、三线的战略布局，加强三线建设，防备敌人的入侵。

毛泽东指出：

大家如果不赞成，我就到成都、西昌开会。

……　……

毛泽东的态度迅速扭转了大家的认识。第二天，个人发言陆续表态。

李富春指出：

战略布局问题我们在计划中注意不够，主要是工业布局的纵深配备问题。现在是原子时代，我们整个工业的战略布局，必须要真正重视建设后方，搞纵深配备，战略展开。可是我们在计划中间对西南的建设就注意不够。比如铁路修建，成昆路没有安排，湘黔路只安排了一半。

周恩来指出：

这个计划一看就看得出来，不仅成昆铁路跟张家口到白城子的铁路没有列上，就是拿整个运输力量跟整个生产量的对比来计算也能看出，交通运输方面的安排是通不过的。

这就是说，这个布局是不完全的。基础工业上不来，怎么能够支援农业和照顾国防呢？

刘少奇着重讲了控制基本建设规模。他指出：

昨天在主席那里谈的基本的一点，就是搞四川这个第三线，现在要准备，要着手。现在不着手，耽误了时间，将来不利……

最近的确是有这样一个苗头，一放松大家就放手去干，这个苗头继续发展下去，就又要发生过去基本建设战线过长等问题。酒泉似乎也可以慢一点。

经过讨论，大家取得了一致的意见，决定把毛泽东的意见和"初步设想"结合起来，在逐步解决吃穿用问题的同时，加强三线建设。

邓小平指出：

> 这次计划按农轻重，解决吃穿用和两个拳头……是建设的完整方针。攀枝花钢铁工业基地的建设，为第三个五年计划打基础。

毛泽东在会议上明确指出：

> 要有第三线，要搞西南后方，在西南形成冶金、国防、石油、铁路、煤、机械工业基地。

他又强调：

> 我们的工业建设，要把攀枝花钢铁厂建起来。

毛泽东的话引起了与会者的共鸣，大家一致拥护他的主张：

> 在加强农业生产、解决人民吃穿用的同时，迅速展开三线建设，加强战备。

毛泽东同时也考虑到，由于地理和历史的原因，当时中国70%的工业分布于东北和沿海地区。从军事经济学的角度看，这种工业布局显得非常脆弱，东北的重工业完全处于苏联的轰炸机和中短程导弹的射程之内。

毛泽东还想到，在沿海地区，以上海为中心的华东工业区则完全暴露在美国航空母舰的攻击范围中。

毛泽东担心，一旦战争开始，中国的工业将很快陷入瘫痪。

1969年12月，在成昆铁路还没有完全修完的时候，毛泽东就确定了襄渝铁路的走向，而且提出要快修襄渝铁路。

周恩来决定修建襄渝铁路

1965年12月,铁道部第二勘测设计院,在对曾经两次上马又下马的川豫铁路再次勘测设计后,他们确定线路由襄樊至成都,称襄成铁路。

早在民国初年就曾有人建议修建信阳至成都的铁路,但未能如愿。

抗日战争期间,国民政府编制的《战后铁路复兴计划概要》中,也曾提出修建川陕铁路重庆至紫阳段,然而也不过是纸上谈兵。

1967年,铁道部第二勘测设计院拿出了襄成铁路初步设计。

1968年2月,铁道兵党委向国务院、中央军委正式提交了《修建渝达铁路的报告》。中央出于国防建设的需要,作出决定,先修重庆至达县的渝达铁路,缓建成都至达县段。

1968年底,在京西宾馆的会议上,周恩来参加了铁道兵和铁二局人员的小组会。他逐一询问了成昆铁路的具体通车时间,并在当晚的全体人员大会上,指名铁道兵参谋长何辉燕负责西南铁路修建任务,一手抓成昆,一手抓襄成。

铁道兵党委根据周恩来的指示,组成了以何辉燕为首的西南铁路建设领导小组，于1969年初开始工作。

1969年1月，根据周恩来的指示，国家计委、建委确定：

铁道兵负责施工的西南铁路建设包括成昆线、渝达线、襄成线和渡口支线、京原线、嫩林线的计划、投资。

1969年3月11日，中央军委批复，为统一领导西南地区铁道兵施工部队，同意在成都成立一个精干的指挥机构。

1969年5月12日，周恩来主持召开三线建设会议，决定西南三线建设委员会以四川省为主，云南、贵州省及中央有关部门参加。

周恩来同时宣布，撤销原西南铁路建设工程指挥部，西南铁路建设由铁道兵统一组织指挥。

1969年6月15日，总参谋部正式下达了《铁道兵西南指挥部编制》。

何辉燕兼任铁道兵西南指挥部司令员，苏超任政治委员。

根据上述决定，铁道兵党委调铁道兵参谋长兼大兴安岭林区会战指挥所司令员何辉燕参加西南三线建设委员会。

何辉燕在成都成立铁道兵西南指挥部，负责成昆线、襄渝线的部队以及在西南的工厂、仓库等单位的党政军事领导工作。

当时，苏联出于自身对西伯利亚远控制能力脆弱的担心，对中国在远东具有的绝对地缘优势和急剧膨胀的庞大族群优势满怀戒心，认为中国的工业化和战略力量成长意味着自己在远东存在的结束。

中苏间的敌对已在所难免，自1965年末起，苏军在中苏边境布置了55个步兵师，12个战役火箭师，10个坦克师，4个空军军团，总兵力100万以上。除帕米尔高原无人区外，在长达1800公里的我国边境线上，重兵压境。

中苏间漫长的国境接壤，决定这种战争更具有全面性与突然性。

1969年8月13日，在铁列克提，苏军对我边防军突然发动攻击，导致我军牺牲79人。

1969年9月，柯西金秘密来访，代表苏联政府表达双方相互妥协的意愿，但中央政府依然不敢把国家安全维系在别人的承诺上。

1969年底，中央确定渝达、襄成两线合一，称襄渝铁路。

同年12月29日，周恩来召开会议，研究加快铁路建设问题。铁道兵司令员刘贤权、铁道兵西南指挥部司令员何辉燕参加了会议。

周恩来手拿一支红蓝铅笔，指着桌上一幅中国地图说：

毛主席亲自确定了襄渝铁路的走向，这条

铁路要快修。

　　修好这条铁路,四川就形成了四通八达的局面,"天府之国"的交通就活了。

周恩来当时紧握着何辉燕的手,再三嘱咐说:

　　这个任务就交给你们铁道兵了,要带领和团结广大人民群众,把铁路早日修起来!

指挥部决定增援襄渝铁路建设

1969年3月,珍宝岛事件爆发,周恩来根据形势,再次指示:

襄渝铁路必须于1972年全线通车。

新组成的铁道兵西南指挥部看到任务如此紧迫地摆在面前,而且绝不允许有丝毫疏忽。他们只好一手抓成昆,一手抓襄渝。

当时,与攀枝花钢铁基地和新近从外地迁到西昌的航天发射基地紧紧相连的成昆铁路还没有全线通车,要配套使用,还有大量工作要做。成昆铁路不完工,部队就撤不下来。

指挥部决定,集中兵力打歼灭战,在搞好成昆铁路铺轨通车和收尾配套的同时,抽出先遣人员开赴襄渝线做准备工作。

1970年7月1日,在成昆线上的施工队伍终于完成了铺轨任务,从此,指挥部的主要精力逐步转到了襄渝线上。

铁道兵领导机关根据各部队担负任务的情况,陆续向襄渝线调集部队。

早在 1968 年 4 月，第六师已经从东北调入重庆。

在襄渝线东段，为支援第二汽车厂大规模展开的建厂工作，国家要求铁路必须于 1970 年通车到十堰。因此，1969 年 3 月，担任援越抗美修建公路的第十三师从越南回国调入襄渝线东段。

1969 年 5 月，第七师从成昆线陆续转上襄渝线，进入达县地区。

1969 年下半年，第一师也从成昆线调入了襄渝线东段。

1969 年底，第八师由成昆线陆续调入万源地区。

指挥部又看到，襄渝线中段地质复杂，工程艰巨，将成为决定整个铁路能否按时完成任务的关键。必须调集力量，尽早开工，才不至于延误整个工期。

因此，铁道兵领导机关从铁道兵部队中再调三个师来到襄渝线。

1970 年初，第十师陆续调入襄渝线中段地区。

同年第一季度，多年驻守福建、担负战备任务的第十一师调入襄渝线中段的安康以南地区。

同年第二季度，刚从援越抗美战场归来的第二师也调入襄渝线中段紫阳地区。

至此，铁道兵投入襄渝线的兵力，8 个师加 6 个师属团以及机械团、汽车团两个独立团，一共有 23.6 万余人。

但指挥部仍然考虑到，由于要求通车的时间紧迫，工程必须全面开花，部队没有多少转场和调换余地。因此，劳力缺口仍然很大。

指挥部将这种情况上报国务院，要求劳力支援。

经国务院批准，湖北动员民兵14万人，陕西动员民兵、学生15万人，四川动员民兵30余万人，共同参加襄渝铁路的建设。

全线施工高潮的时候，民兵有59万人，军民共计82余万人。全线先后投入各种机械1.4万余台、运输车辆8500余辆。

任务紧急，指挥部感到压力是相当大的。而且，铁路要上马，设计要先行。

指挥部派出多支勘测设计队伍，本着"边勘测、边设计、边施工"的指导思想，争分夺秒，对襄渝线进行施工同时的测量和设计。

铁道部第二、第四设计院，大桥工程局，第三设计院和电气化工程局等大批设计人员，集中到了襄渝线。

各设计院共投入50多个设计队，6000余人，参加了襄渝线的设计会战。

与此同时，水电部门在沿线修建了11万伏输变电工程。

1970年东、西头分别送电到白河、万源，1971年分别送电到安康、紫阳。

交通部组成山东、安徽两个车队和部分船只，支援铁路建设工地的运输。

建工部西安红旗钢筋混凝土构件厂，生产部分钢筋混凝土预应力梁，保证铺架的需要。

商业部为襄渝铁路施工部队、民兵调拨日用品，保证施工人员生活需要。

当时，成昆线上的爆破声还没有完全停止，战士们身上的硝烟还没有完全散尽。但大家都意识到，一场比成昆铁路更艰巨、更复杂、更壮观、更激动人心的修路战斗，就要在巴山蜀水之间打响了！

勘测设计与施工同时进行

襄渝线襄樊至莫家营段56公里，1960年已经建成通车。

新建铁路正线长859.6公里，由铁道部第二、第三、第四勘测设计院和电气化工程局以及铁道大桥工程局设计，铁道兵担负施工。

参加施工的铁道兵部队有8个师、两个独立团，另有铁道大桥工程局、电气化工程局和湖北、陕西、四川等省民工。

全线东西两段分别于1968年、1969年开工，中段于1970年第一季度开工。

1917年5月，中国政府与美国裕中公司签订了一份承造铁路的合同，允许裕中公司在中国境内承造总长1769.9公里的铁路。

根据合同，裕中公司商请交通部，确定由河南周家口至湖北襄阳的一条铁路，约计362公里，定名为周襄铁路。

并于1918年1月设立周襄铁路工程局，投入测量勘探周襄路线工作。这条铁路经过的重要城镇有堰城、大刘店、问津寨、吴城、新安店、舞阳、谢店、保安镇、招抚岗、独树、方城、博望、新店、南阳等，并以此作出了一份勘探报告。

1918年6月，周襄铁路测量完成后，裕中公司又商请交通部，将周襄铁路延伸为信阳至成都，为将来承建入川铁路做准备。

当时，交通部正准备设计一条四川与湖北之间的铁路，即川汉铁路。

为了证明自己的路线更有优势，裕中公司还成立了勘探队，对交通部拟议中的川汉铁路途经三峡的部分线路进行了勘测，并拍摄了沿途的山川地形，以说明此条路线施工艰难、成本巨大。

这些照片与勘测数据，也一并附于另一份上呈给交通部的报告里。

新中国成立后，铁道部第二、第四设计院于1958年前后曾经对襄渝铁路进行过规划和勘测，但是到1962年，襄渝铁路因计划调整而全线停工。

1968年，作为国防备战和二汽建设的共同需要，国家正式决定将襄渝铁路作为三线建设的重要项目之一。由于襄渝铁路项目启动在先，二汽建设项目启动在后，按照原来的工程进度，襄渝铁路的工期就完全不可能与二汽建设的工期吻合。

为了保证二汽建设，国家决定对襄渝铁路项目加速，尽快实现襄渝铁路东段襄樊至十堰段通车，并最终贯通横跨鄂、陕、川三省，全长915.6公里的襄渝铁路。

襄渝铁路原勘测的路基是穿过玉虚宫，若如此，武当山最大的古建筑将不复存在。

当时，玉虚宫的道士李诚玉得知这个消息后，多次向部队首长表示该宫不能被毁。

李诚玉从明朝大建武当时该宫是大本营谈起，说到历史上在该宫举行的各种法事活动，甚至说到该宫的地理风水。

李诚玉迫切的要求、生动的叙述打动了部队首长。该师师长董超亲自批准将此段铁路向北移动500米，移到宫门以外，从而避开了该宫。

但是，襄渝铁路却因此而增加了"老营1号""老营2号"两个隧道，延长了剑河大桥的长度，增加了工程费用和部队施工的难度。

其实襄渝线为什么从一开始到修通路线变来变去，就是因为大巴山和秦岭的阻隔。工程人员在实际考察中发现了一条几乎是天赐的好线路：

川东有平行的几条山脉：从西到东是东北、西南走向的华蓥山、铜锣山、明月山。从重庆出发，在华蓥山和铜锣山之间平行着山势北上达州。

这一段隧道和桥梁很少，是建铁路的极好路段。

但是当时这一线的邻水和大竹县提出不想铁路过境，因为占地太多，影响粮食产量。

于是线路只好从重庆出发，向西穿过一群隧道，再穿过华蓥山的南端"中梁山"，绕过华蓥山的西侧北上达州，在三汇处又向东穿过一群隧道，最后穿过华蓥山的北端"铁山"进入达州。

　　这就是为什么达渝段隧道几乎全集中在达州到三汇和回龙坝到菜园坝之间。

　　到了达州，继续利用西部铁山和东部凤凰山之间的相对平坦地势北上，绕后沿着州河上游的后河所切割的一条大巴山峡谷北上，直达万源，这极大地减少了隧道的长度和数量，更减少了坡度。

　　到了万源后河道结束，穿过 30 多个隧道到毛坝关，又到了汉江支流任河，又可以利用任河、汉水河道东去安康、十堰。

　　只是从万源到毛坝关没有河道利用了，只能硬穿山，而且由于后河河道比任河河道高程低，这一段还有一个展线来爬坡。

　　到了湖北境内，又可以利用汉江河道平行着武当山东南下襄樊。

二、铁路施工与建设

● 大家说:"我们没有赶上当年红军爬雪山过草地的艰苦生活,今天参加祖国的铁路建设,为人民吃点苦,虽苦犹甜。"

● 苏超说:"这里的条件的确艰苦,也许是命运的决定,凡是无人栖息之地,必定是咱们铁道兵修路的好去处。"

● 朱兴明对大家说:"只要我们认真实践,从失败中吸取教训,也一定能够获得水上的自由。"

抢修通往工地的公路

铁道兵某部三营刚进工点,就接受了抢修通往襄渝铁路工地的公路任务。

初到工地时,没有房屋,他们就以天当被,地当床,睡在崖河滩上。粮食运不进来,他们就以面糊当饭,盐水当菜。

大家说:"我们没有赶上当年红军爬雪山过草地的艰苦生活,今天参加祖国的铁路建设,为人民吃点苦,虽苦犹甜。"

十一连先来到了吊灵沟,大家事先了解到,吊灵沟是这条公路的门户。这里沟深坡陡,岩石林立,是有名的险道。

当地人说,因为旧社会常有出外谋生的穷人在这里失足丧命,所以人们称它"吊灵沟"。

而战士们知道,新修的公路必须从这里通过。

大家发现,吊灵沟坡面上的泥土全部都被堆积在沟底缓坡的外面,形成了一个个烂泥坑,而当时又恰巧遇到雨季,施工地段全是半米多深的糨糊一样的淤泥。

大家先是用铁锹铲,但他们很快发现,这样甩出去的还不如粘在铁锹上的多,如果用耙子扒,挖下去4个眼,掘起来4条缝。

大家心里着急，公路不能及早修通，工程材料运不进去，铁路上的工程也无法开工。

晚上，当夜幕遮盖了群山，战士们都进入了梦乡的时候，九班班长周和平却久久不能入睡。他想起了刚接受任务的时候，首长看着他，说：

为大部队参加会战做好准备，我们要克服一切困难，完成公路抢修任务。

想着想着，他一骨碌爬了起来，从床上拿出锯子就往外走。

周和平刚走出帐篷，不料正好碰上了连长，连长问他："小周，不睡觉又想搞什么发明？"

周和平说："我想用柴火堆里的短树，做几块刮泥板。"

连长立即说："走，咱俩一块儿去干！"

随即，两个人就消失在茫茫的黑夜之中了。

第二天，周和平和连长把他们制成的刮泥板拿到现场一试，对付稀泥浆确实有用。

连党支部及时推广了九班的经验，全连做了100多块刮泥板，再也不愁烂泥滩难对付了。

战士周香刮泥的时候，脚被埋在烂泥里的荆棘刺伤了好多地方，排长命令他在家里修理工具，周香却赖在工地上硬不走，干了一个工班又一个工班。

大家终于刮去了稀泥浆，但再往下面却又是黏浆层。而对付这样的土需要大量的土箕。

当时，由于交通还不便利，工具满足不了施工的需要，于是，大家从生产队那里买来了竹子，自己动手编了70多副土箕，大家肩挑手端连续苦战。

副班长李万国一干就是两个工班，80多公斤重的一背篓土已经够重的了，李万国却说："不过瘾。"他背上一篓，手里又撮上两土箕，走起来一溜小跑。

为了提前抢修好公路，大家连夜苦战，穿着雨衣干活不方便，他们干脆甩掉雨衣干。

战士范广令的手被含碱性的黏土蚀得裂开了一道道口子，但他为了不让战友们发现，就每天带着胶手套干活。

十一连的干部战士苦战了23个日日夜夜，他们终于提前7天完成了打通吊灵沟的任务。

接下来，公路要经过一座高200多米的悬崖。当地人把它叫作"断头崖"。

大家看到，这座悬崖就像刀削斧砍的一样，上插云天，下临深涧。

大家在来到这里的唯一的小山路旁，发现了一块石碑。石碑是清朝乾隆时当地官员立的，上面写道：

此路乃万源至紫阳必经要道……通达四海，奈以崇山峻岭，道路崎岖，善骑者下马而叹，步行者顿足而嗟。

如今，战士们要在断头崖的半山腰上修出一条公路，这既是一场苦战，也是一场智斗。

按原设计方案，要在这儿赶时间打一座60多米长的公路隧道，就要投入一个连的兵力，两个多月才能完成。

但三营从他们担负的任务看，却只允许他们在断头崖布置一个排的兵力，工期也只有一个月。

营领导想到，襄渝铁路建设，工地需要大量材料，公路施工必须争分夺秒进行。

因此，营党委号召大家从改变设计方案上想办法。营长张治业为了掌握第一手材料，带病和大家一起攀崖走壁，调查研究，拟订出了多种方案。

大家经过反复讨论和比较，决定从悬崖的腰眼里掏一个炮眼，装进炸药，把断头崖拦腰斩断。

但是，要把断头崖斩得干脆利索，一炮解决问题，关键是精确地确定炮洞的深度和需要的药量。

技术员张汉阳带着测量班的人脚穿草鞋，腰里拴上保险绳，下到了断头崖。但是，陡峭的崖壁没有架水平仪的地方，他们只能用皮尺和花杆进行测量。

甚至有的地方，他们连花杆都立不住，他们就把皮尺与花杆换过来用，将皮尺的一头绑在花杆上，另一头拴上石头往下坠，用花杆作水平线，皮尺作垂直线。

大家就凭着这样一些简陋的工具和土办法，在断头崖的三个临空面上反复测量了6次，终于算出了断头崖的最小抵抗半径，绘出了图纸。

接着，他们又把有经验的老炮工请来一道分析研究，根据悬崖的山体压力和岩石硬度，确定了炮洞的深度和所需的药量。

测量和计算的难点攻克了，但大家感觉到，施工仍是一场硬仗，由于洞子只有一米宽，站着打锤头碰顶，坐着打使不上劲，只好跪着打眼。

这样，就是打锤能手也免不了要滑钎了，掌钎的战士经常挨锤打，而且进度也很慢。大家都积极努力想办法，尽快适应在小洞子里作业。

大家刻苦练习，反复摸索。新战士赵正倍在自己的铺底下安了个小木桩，一有空就钻到床底下练习起来。

就这样，大家很快就掌握了在狭窄炮洞里抡锤打眼的技术，全排战士奋战一星期，在断头崖的半腰上掏进去一个15米深的大炮洞。

一天，当晚霞把断头崖涂上了一层金辉的时候，大家只听得一声巨响，断头崖腾空而起。千古悬崖仅用了18天的时间就搬了家。

昔日"善骑者下马而叹，步行者顿足而嗟"的崎岖小路，如今成了平坦的运输大道。

三营来到了"陡天坡"，这是他们抢修公路的最后一道难关。

公路从这里通过要横跨5条滑石沟，劈开7座鹰嘴岩。

当时，部队的主要兵力都已经进入了铁路工地等待施工，攻下陡天坡，已经成为迫在眉睫的事情。营党委要求，群策群力，打通陡天坡，争取提前完成公路抢修任务。

一时间，为主攻阵地背运物资的队伍川流不息，开山的炮声、号子声回荡在山谷，沉睡千年的陡天坡沸腾了，战士们竞赛的热潮一浪高过一浪。

十四连六班战士放下背包就担任了在滑石沟里砌石墙垒路基的任务。

大家都明白，要筑起石墙，垒成中基，凿出砌石墙的底基是头道难关，由于滑石沟长期受山洪冲刷，沟壁陡峭溜光，不容易下去，下去又不能站，大家一时都犯了愁。

海老洪和徐财两人，腰里系着保险绳，靠滑石沟右侧的荆棘和石缝，下到了要开凿的底基处，他们斜着身子在滑石板上打起锤来。

但是，他们一锤下去，却只能在坚硬的岩石上留下一道白印。全班战士用蚂蚁啃骨头的精神，夜以继日地开凿，硬是用铁锤和钢钎砸出了底基。

紧接着，大家就投入了砌石垒基的战斗。

寒冬腊月，狂风裹着积雪直往滑石沟里灌，战士们用手抱着石头，就像搬冰块一样冰冷刺骨。

大家都说："杨子荣抗严寒，化冰雪，我胸有朝阳，我们就要有这种精神！"

他们手冻麻木了，就哈口气再干。干部战士们就是这样顶风冒雪，在5条滑石沟上砌起了石墙，垒起了路基。

在十四连六班激战滑石沟的同时，向鹰嘴岩宣战的号角也吹响了。

要把鹰嘴岩炸掉，必须从"鹰嘴"底下打进去一个炮洞。

战士王贵善和李天贵奋勇当先，他们手攀绳索，脚蹬石缝，下到鹰嘴底下。

但是，鹰嘴岩就像一块悬空高挂的怪石，王贵善和李天贵连立足的地方都没有。

王贵善和李天贵反复地察看和研究了地形以后，从山上砍来两棵树，捆成一个吊板，绳子的一头拴在突起的岩石上，吊到打洞的地方，总算安了个立足点。

王贵善和李天贵站在吊板上，他们抬头看，巨崖遮着天空；低头看，下临着深渊。狂风吹来，吊板直晃荡。

王贵善和李天贵为了保持平衡，又在石缝里插入一根钢钎，用绳子稳定住了吊板，半空挥锤地干开了。

主攻阵地上是一片繁忙景象，其他战线上也是各司其职，坚守岗位，并密切配合。

炊事员为战士们提茶送饭时，扁担两头总挂着炸药、铁锤、导火线。

理发员到工地给战士们理发时，也把自编的筐子送到战士们手里。

铁工宁庆功和赵长连把铁炉从工棚搬到了现场，顶风冒雪锻打钢钎。

这些工地的后勤兵，一心为了前线，为抢修公路默默地做着工作。

三营的指战员们，就凭着这样的苦干加巧干，终于提前一个月完成了公路抢修任务。他们用围歼陡天坡的炮声，迎来了汽车引擎的欢快歌声。

大家高兴地看到，一辆辆满载器材、粮食的汽车向工地奔驰，一条条保障通信联络的电线架设在高空，电工们在高山峡谷竖起铁塔，把强大的电流输送到施工点。

三营又背起行装，高举红旗，汇入了筑路大军，投入了铁路工地更激烈的战斗。

英雄连队修建大桥

1970年初,杨连弟生前所在连在刚刚结束成昆铁路的修建任务后,又马不停蹄地转战到襄渝铁路的工地上。

他们和广大民工一起,接受了一年内修建两座大桥的艰巨任务。

湖北隆冬的连日风雪,更激起了他们的干劲,大家激情满怀地说:

为了多快好省地修建祖国的铁路,我们要以只争朝夕的革命精神,大干快干,让列车早日从这里通过!

要高速度地完成建桥任务,开挖水磨河一号大桥水下基础是关键工程。

一号桥位于河中心,为了抢在洪水前面,指战员们不畏风雪严寒,日夜奋战。

在没膝的冰水里施工,许多战士手脚冻肿了,两只耳朵冻起了水泡,工地上却是笑语阵阵,歌声朗朗,他们都豪迈地说:"苦不苦,想想红军长征两万五,为人民作贡献,越是艰苦越幸福。"

基础越挖越深,困难越来越大。四号基坑渗水暴涌,出现了大量流沙。当挖到 4 米多深的时候，流沙更厉害，一天竟塌方 10 多次。

大家采取垒筑围堰等办法控制流沙，抽水机在日夜吼叫着。

一天深夜，飘着鹅毛大雪。突然，抽水机龙头被下塌的沙石堵塞了，抽水机一停，基坑里很快就积了一人多深的水。

大家都意识到，必须立即排除故障，否则，一旦基坑坍塌，整个工期就要延长。因此大家抱着冻得硬邦邦的胶皮水管往上拖，龙头却动也不动。

党支部委员、副排长邓泽元把棉衣往地上一摔，大叫一声："跳下去扛！"然后他就"扑通"一声跳进了冰水之中。

抽水机龙头安在不到 1 米见方的积水坑里，在水下作业，不但冷，而且还随时都有被下塌的流沙石头埋没的危险。

邓泽元已经把自己的安危置之度外，一次又一次地潜入水中，用双手扒着龙头周围的泥沙。邓泽元的手指被沙石磨破了皮，但他却全然不顾，一心想着早一点排除故障，保住基坑。

当邓泽元将要第五次潜入水底的时候，大家见他冻得嘴唇发紫，浑身打战，都争着去换他，但邓泽元坚定地说："下面情况我已经摸熟了，还是让我干。"

邓泽元长长地吸了一口气，他又猛地潜入水中。经过半小时的顽强战斗，故障终于被排除了，抽水机又响了起来。

经过干部战士和民兵的艰苦奋战，他们施工的两座大桥的所有桥基，很快就浇灌出了水面。

1970年8月，施工进入了紧张阶段，干部战士决心把干劲再鼓一下，大干30天，拿下二号桥，提前完成全年任务。

一天，八班的战士在35米高的桥墩模型内灌注混凝土。当时，火红的太阳，烤得大地冒烟，加上混凝土散发的热量，气温高达四五十度。

战士们像进了蒸笼一样，他们浑身汗如雨下。看到这种情景，指导员魏炳华几次关切地要战士们出来休息一会儿再干，大家却坚定地说："工地就是战场，施工如同打仗，流这点汗水怕什么！"

指导员劝了半天，大家没有一个离开工地。

干部战士就这样，在民兵的大力支援下，鼓足干劲，大干苦干，到8月底时，就胜利完成了全年的施工计划。

接着，奋战一个月，又建成了一座大桥。

最后两个多月他们又修建了3座中桥。

这一年，他们大大超额完成了任务，共修建了3座大桥，3座中桥，总延长达617米。混凝土施工数量也创造了前所未有的纪录，在连队建桥史上写下了新的一页。

1971年，杨连弟连领了将军河双线大桥的修建任务。这座桥长241米，高45米，工程量比1970年还要大。

任务一下达，绝大多数干部战士信心百倍，决心在双线大桥施工中夺取新胜利。但少数人却担心：双线桥过去没修过，连队新战士多，技术力量薄弱，任务难完成。

一班的任务是登高先行架设钢塔架，大家要经常在几十米的高空作业，不仅要有胆量，而且还要有熟练的登高技术。

当时全班只有两名战士登过高，其他都是入伍几天的新战士。

面对这种情况，大家结合施工的实际，掀起了一个互教互学、苦练登高技术的热潮。在工地上，老战士耐心给新战士讲登高要领，做示范，传思想，传技术。营房里，他们专门架设了爬杆，抓紧时间练登高，练胆量，练意志。

在练习当中，新战士陆天荣双手都磨起了血泡，但他仍然坚持登高训练。

经过艰苦的锻炼，全班所有人很快掌握了登高技术，刷新了 8 小时架设 24 米钢塔架的新成绩，突破了施工第一关。

一班带动了全连，为了突破双线桥模型板体积大重量大不便拼立和起吊的难点，担任立模任务的十一班，在班长唐检宝的带领下，他们大胆创新，在加强模型板起吊防护措施的同时，改变了过去把模型板起吊到高空两串立带，再上钩螺丝，然后拼立合拢等高空作业的工序，而是采用先在地面串好立带，上好钩螺丝，然后起吊一块连接一块的施工方法。

这样，不仅减少了作业的危险，而且提高工效一倍多，大大加快了施工进展。

杨连弟连全体指战员们刻苦奋战，使桥墩节节升高。11月，上级根据整体施工进度，要求他们一个月内完成2000立方米混凝土浇灌的任务，这在连队还是第一次。

但是，大家都坚定地说："正因为过去没有，我们才要创纪录！"

1972年元旦刚过，他们就投入了余家湾大桥的突击工程，当时是工期紧，气温低，连队没有冬季施工设备。

但是大家不等待，不依赖，他们赶到工地的当天下午，就顶风冒雪，挥镐破冻土，投入了抢挖桥墩基坑的战斗。

为了加速混凝土的凝固，战士们因陋就简，在桥墩下面安好了几口大锅，把一担担施工用水烧热，加上速凝剂，用温水浇灌混凝土。

夜晚，他们又不怕严寒，轮班在桥墩周围烧火给混凝土驱寒保温。

战士们克服了重重困难，在保证质量的前提下，提前12天完成了余家湾大桥的修建任务。

不久，连队又接受了限期9天完成代家岭大桥一号墩的抢建任务。他们虽然常年登高架桥，但像这样的孤墩作业，并在几天内浇灌起混凝土桥墩，却还是很少遇到。

按平常施工的程序，要修建这样20多米高的桥墩，肯定将大大超过上级限定的时间。

连队党支部决定把任务交给群众广泛讨论。工地上，干部战士和技术员一起开会商量，人人动脑筋想办法。

老战士胡生国，从兄弟单位利用滑动钢模板连续浇灌混凝土的作业方法中得到了一些启示。他提出了采用快速立模、连续浇灌混凝土的建议。

大家知道，要保证连续浇灌混凝土，快模拼立墩身模型板是施工的关键，必须在每节浇灌完成后一个半小时内立好第二节模型。

胡生国又和木工班的战士集思广益，大胆革新，他们先将每节模型在地面拼立好，整体快速起吊。大家齐心协力，从抬模型板、拼立，再到钻眼穿钢筋快速起吊落成，全套工序只用了一个小时。

快速拼立起吊模型的革新获得成功，突破了连续灌注混凝土的关键。

工地上一片欢腾，战士们也越战越勇。

唐检宝已经两天一夜没有离开工地了，大家见他熬红了双眼，就都关切地劝唐检宝休息一下。

唐检宝却坚定地说："关键时刻，共产党员不能离开战斗岗位。"

新战士王元平连续登高作业20多个小时，脚被水泥浆蚀破了皮，他虽然感到疼痛钻心，但仍然坚持战斗。

经过大家3个昼夜的奋斗，一号墩胜利浇灌成功了，比原计划提前了6天。

杨连弟连的战士同来自桐柏山老根据地的民兵们一起，在这一年中，他们创造了一年时间修建3座大桥、5座中桥的纪录。

修建紫阳汉江大桥

1970年冬天，铁道部大桥工程局四处三队、陕西省紫阳县民兵和五八〇六部队一连指战员汇集在紫阳城下。

大家面对巍巍巴山，滔滔汉水，发出誓言：

> 团结战斗建大桥，誓叫天堑变通途！

施工开始了，工地上到处歌声飞扬，人来车往，热火朝天。

大家筑围堰、破冻土、挖桥基，忘我奋战，投入了抢挖0号台的激战。

0号台位于汉江紧靠紫阳隧道出口处，桥台基础深达18米，土石上万立方米，基坑三面石质破碎，是控制工期的重点工序。上级要求在65天内挖好基坑。

工地上，挖掘机的隆隆声日夜回响在汉江两岸，越往下挖掘，基坑面积越小，挖到16米深的时候，挖掘机就不能发挥作用了。

于是工人、民兵、解放军战士各组织一个工班，轮换开挖。

一天下午，太阳刚刚掠过头顶，却突然下起了暴雨，并刮起了狂风。但是，大家仍然不顾一切地干着，他们头不抬，腰不伸，紧张地排水挖基。

夜幕降临了，但风雨却仍然不减。这时，突然基坑左侧有碎石坠落下来，大家仔细观察，原来坑壁顶端已经有了一道小裂缝，雨水流沙直往里灌。

日夜紧守在工地的桥工队主任方开瑞立即意识到这是塌方的预兆，他根据大家的建议和过去制服塌方的经验，决定立即在基坑内侧打"H"形支撑顶住塌方。

五八〇六部队一连的指战员们深知，抢立支撑是一场争时间、抢速度、赶在塌方之前的紧张战斗，他们主动挑起了这副重担。

老工人胡正朋不顾连续作业的疲劳，也来参加，战士们看到胡师傅消瘦的脸庞、深陷的双眼，他们感动地说："胡师傅，看你累成这个样子，快回去休息吧！我们保证完成任务！"

胡正朋却笑着回答说："没关系，多一个人就多一分力量。"说着就和战士们一起干了起来。

立"H"形支撑横撑是一项很困难的工作，经雨水浸泡的坑壁又陡又滑，根本没有立足的地方，有的战士在坑壁上掘几个小坑踏脚，可是踩上去不等打好横撑就塌方，撑了几次都没有成功。

随着时间的流逝，风雨虽然过去了，但裂缝却越来越大了，安全员不时地向指挥员发出警报。

胡正朋和战士陈家满仔细观察吊起用作横撑的钢杆件，他俩商量着："在杆件下面不好支撑，如果吊起杆件不就方便了吗？可是，吊起来的杆件像一个人天平，如果两端重量不一样，或者在上面作业的时候用力不均，杆件失去平衡的话，那是十分危险的，怎么办？"

胡正朋和陈家满商量了一会儿，他俩分别来到杆件的两端，同时喊着："一、二、三！"两人纵身同时抓住杆件，一迈腿就爬上了杆件。

他们待杆件平衡后，就将事先准备好的楔子插入两端，再用统一的动作，三锤两斧就把第一个横撑固定下来了。

战士们乘势而上，一鼓作气把第一个横撑打好了，接着用同样的方法打了两排支撑，黎明前，大家终于有效地顶住了塌方。

修桥的前一个月，大家胜利完成了0号台基坑的开挖任务，为大桥全面施工赢得了时间。

修建紫阳大桥这样的高桥，按常规需要用大批木料塔脚手架，但是这里缺乏木料，就是搭好了脚手架，也抵挡不住汉江洪水的冲击。

如果采用大型起重吊机的话，交通又不方便，大型起重吊机运不进来，即使能运进来也没有场地安装。

上级根据现有的条件和群众的建议，决定利用万能杆件，在4座74米高的空心桥墩的基础中心各拼装一座92米高的起重钢塔架，代替塔式吊机和脚手架。

这样不仅不受场地的限制，而且既省料，又安全。

五八〇六部队一连二排和桥工队装吊二班接受了拼

装起重钢塔架的艰巨任务。

拼装刚开始,就遇到了很多困难,二排战士面对各种不同型号的杆件和螺栓,他们不知道从哪里下手。于是,大家便主动向桥工队装吊二班请教。

工人们深知战士们在拼装过程中一定会碰到许多困难,便主动抽调两名师傅到二排,带领战士们拼装,手把手地教战士们掌握要领,识别杆件的型号,鼓励战士们勇于实践。战士们虚心向工人们学习,刻苦钻研,大家很快就掌握了拼装技术。

虽然随着塔架升高,难度越来越大了,但是大家的日拼装速度还是由2米提高到了8米。

在战士们感谢工人们的支援的时候,工人们回答说:"谢什么,帮助解放军同志,是我们应尽的责任!"

当塔架升高到50米的时候,大多数战士感到头晕目眩。大家明白这是不适应高空作业的反应。但他们不畏艰难,越摇晃越坚持作业,越高越坚持攀登,不久,战士们就适应了高空作业。

当三号墩的塔架拼到了92米,已经装上起重吊机的时候,却不料起重钢丝绳卡死了悬臂吊杆末端的滑轮。如果不能及时排除这一故障,必定会影响施工。

但是,吊杆只有0.3米宽,末端距离塔架5米远,而悬空却近百米高,要排除这一故障是非常困难的。

战士刘先朴见到这种情况,心想:争取时间就是胜利,早一分钟排除故障,就能早一分钟开始灌注混凝土。

刘先朴主动要求班长把这个任务交给自己，他迅速登上了悬臂，心里对自己说要镇定，并很快就爬上了吊杆末端。

刘先朴骑在吊杆上，用力牵动着卡住的钢丝绳，像一个勇敢的骑手正握着骏马的缰绳在云间飞驰一样。

不一会儿，刘先朴就把故障排除了，工地上，一座座银柱一样的桥墩，依附着座座大型起重钢塔架冲天而起，托住云天。

大桥的建设者们在完成了七墩二台混凝土灌注的全部工程之后，上级要求他们70天之内架通全部钢梁，迎接1973年。

原四处三队的老桥工王超柱，当他听到紫阳汉江大桥要架钢梁的时候，特地从千里以外赶到了工地上。

王超柱一边和大家一块儿工作，一边了解军民团结战斗的情况，并要求工人关心爱护战士和民兵，以主人翁的姿态，承担最艰苦的工作。

紧张的架梁开始了，老工人张仕兴带领工人和部分战士冒着严寒，迎着架桥机吊着的无数大型杆件，拼接成巨大的钢梁。

钢梁由这一岸的襄台，向另一岸的渝台迅速延伸。

负责拧螺栓的五八〇六部队一连指战员，为了紧密配合工人保质保量地完成架梁任务，他们向工人挑战说："你们把钢梁架到哪里，我们就把螺栓拧到哪里！"

架梁的工人们立即应战，工班拼装日进度由7至8

吊，逐日上升到 18 吊。

拧螺栓的战士们积极追赶，每组日拧速度由 30 颗逐日提高到拧 300 多颗。

而配合工人、解放军的民兵们也不示弱，他们对工人、解放军说："你们加油干吧，要什么，我们供应什么！"

一天傍晚，当跨度为 64 米的栓焊梁架到最后一个"米"字的时候，23 吨的吊车固定在钢梁前端，正准备继续向前拼架，这时却突然刮起大风来。

按规定，这样的天气是不能架梁的，但是撤离又来不及了，已经拼装好的 50 多米无依托钢梁，就如同巨大的杠杆悬臂在大风中不停地摇晃，23 吨的吊车稍一动弹，钢梁就有变形以至断裂的危险。

在万分紧急的时刻，王超柱立即召开会议，研究了安全措施，决定迅速拉缆风绳稳定钢梁。王超柱亲自冒着危险上桥指挥，带领大家很快拉起了 4 根缆风绳，将钢梁初步稳定了。

紧张的拼梁战斗继续进行着，正当吊机吊起钢梁下弦伸向连接点的时候，由于风太大，弦杆晃动得很厉害，而且卡死在了接板里，怎么也对不上位。

老工长张仕兴想：架好下弦是稳定钢梁的关键，早一分钟架到托架，就能早一分钟得到安全。

于是，张仕兴冒着夜黑风大、随时有掉下河去的危险，迅速爬上悬空吊起的悬杆，挂上起重导链，不停地拉动着链带，人随着弦杆在大风中摇晃。

战士们一直密切注视着慢慢松劲的弦杆，这时大家搬的搬，撬的撬，配合着张仕兴，很快就对上了连接孔。这时，副班长董乐义把早就准备好的钢销插了进去，使下弦很快就架到了托梁上，钢梁进一步稳定了。

经过军民团结奋战，紫阳汉江大桥提前 23 天胜利架通了。

打通襄渝榆溪河隧道

天还未亮,起床的哨子响了,由于新兵连每天都要出操,所以新兵们穿衣服很快,大概比老兵要快两分钟穿好衣服,然后有新兵问班长,今天出操吗?班长说:最近施工很紧张,已经有两个月没出操了。

大家挑开帐篷门帘,走出帐篷。看到帐篷外有一个3米宽的小平台,这是唯一能让人活动的地方。

抬眼望去,眼前一座大山,背后一座大山,全连的帐篷全搭在背后大山伸出来的一个小山包上。两边的山顶都被雾笼罩着,也不知有多高。

虽然才4月初,新兵们有的家乡的山上还见不到绿色,只有几枝含苞的山桃花表示春天的来临,但在这里,绿色早已铺满大地。前面的山上,满山的灌木丛早已新枝伸展得郁郁葱葱了。

他们帐篷前面是一个很深的山谷,前面的山坡上,有数朵叫不上名字的粉红的、黄色的小花在清晨的微风中摇曳。

早有老兵用水桶担来洗脸的水,班长叫那几个新兵过来,告诉他们,水是从这座帐篷向上数第六个帐篷上面的一口井里担的,以后,班里每天有一个人要早一点起床,去担水。

早饭是馒头、稀饭、咸菜，能吃到馒头，对于这些新来的北方人来说，很开心。只是馒头蒸的水平不怎么样，白馒头上还有一两个黄色的碱点。有新兵问身边的老兵："每天早晨都吃馒头吗？"

老兵回答说："不一定，有时只有稀饭。"

上午，老兵们扛着铁锹上班去了以后，连里安排新兵进行入连后的第一次学习教育。

新兵们都集合到连队的饭堂，说是饭堂，其实就是立了几根方木，顶上及四周用芦席围起来的一个四面透风的场所。

因为连长已经到施工现场去了，新兵的学习由副指导员组织。副指导员是河南人，一口地道的河南话，好在新兵中有河南的，听他的讲话很容易听懂。

副指导员首先介绍了一下连队的情况，讲了要做好由新兵连到老连队的思想准备，要做好艰苦奋斗和吃苦的准备，每个新兵要经得起艰苦生活、繁重劳动的考验。

听了副指导员的介绍，大家知道了当前连队施工的隧道叫"榆溪河隧道"，原来此隧道是另外一个团施工的，因施工进度慢，有影响全线铺轨的可能。上级有命令，如果影响了铺轨，哪个团挡道就撤哪个团的团长，听说师长也得挨处分。所以师部决定调他们团到此支援，这个任务就落到一营的头上。

目前有一、二、四连在这个隧道进行施工，五连是机械连，也配合施工。连队已经在此隧道干了两个月了，前段时间因为老兵退伍，影响了施工进度，所以，新兵来后要迅速投入施工。

之后，一排长给新兵们上隧道施工安全课，讲了在施工中应注意的若干问题。

中午，吃过饭后，新兵们到连队周围转了一圈。连队的帐篷搭在小山包上，炊事班在最上面，下面是饭堂，之后从上到下10多顶帐篷顺坡而下，再下面是一条简易公路。公路下面是一连，沿公路向左300米是四连。

下午，新兵在副指导员的带领下到隧道进行参观。大家排队从连队出发，沿左边的山坡斜着向下走了大约一公里，看到了那个隧道，那个让他们一辈子都不会忘记的隧道。

隧道口就像一个拱门，从外面向里望去，黑洞洞的，两根小铁轨带着两条亮光从黑黑的洞子里伸出，与外面的光结合到了一起；一团灰雾从隧道的上部涌了出来，不知是烟、是气、还是雾，他们经过的洞口处已被熏成了黑色。

隧道口有一个压缩机泵站，里面的柴油压缩机砰砰地响着，一根橡胶管沿着洞壁伸进那个黑乎乎的洞口，里面看不到一个人，一阵阵嘈杂的声音从里面传出。

在洞口外，一排长讲了隧道里的简要情况，他告诉大家，目前隧道还没有完全贯通，还有几十米，每天要放一茬炮，每天要分两个班进行施工，每个班有两个排的人。主要工作是打风枪、支模板、清渣石、挖隧道两边的边墙、打边墙的混凝土、落底等。

新兵们有的当时也听不懂这些施工术语，只是根据现场的情况看，工作一定很特殊，新兵们只知道这里就是所谓的战场，就是自己要进去拼杀的地方，但等待自己的是什么，大家一脸茫然。

新兵们在隧道口停留了半个小时，沿原路回去，副指导员告诉大家，抓紧时间洗一下衣服，准备迎接明天第一次进隧道施工。

16时左右，一个老兵提前回来了，他的任务就是为全班烧一锅开水，准备大家下班后洗澡，有个新兵赶快过去帮忙。

这时，新兵才发现帐篷外小平台的下面还支着一口大锅，大锅边上堆着不少的方木，有长有短。左右看去，大锅足有10多口，排成一排，不知道的一定很奇怪，要那么多大锅有什么用呢？

这个新兵帮着那个老兵把水装满，两人一起点火烧水。

18时左右，班里的老兵回来了，每人穿着一身胶布的防水衣裤，头戴着安全帽，脖子上挂着一个圆鼓鼓的口罩，一个贵州老兵的腰里还系着一根烂绳子，防水衣裤上下沾满了污泥，浑身上下没有一个干净的地方。

大家到宿舍就脱了外面那层盔甲，全身脱得一丝不挂，用烧好的开水对上冷水，洗了起来，虽然很疲惫，但还是有说有笑，大家洗着闹着。

晚饭后，因昨晚的班务会还没有开完，所以，班里就利用晚上的时间接着开。班上有5个老兵，班长是1969年入伍的山东兵，副班长是1970年入伍的贵州兵，其余三个一个贵州兵，一个1971年的广东东莞兵，一个1971年山东莒县兵。

班长要求每个老兵带一个新兵，名曰结对子，班长与福建小余结成对子，副班长与河南小贾结对，贵州李老兵与福建另一个小余结对，广东李老兵与小顾结对。

班长要求老兵要全面负责结对子新兵的生活与施工，要特别照顾新兵的安全，不能在施工中出现任何问题。

当天晚上，班长叫上一个老兵到司务处为新兵们领回一大堆施工需要装备的东西，每人一套棉衣，一套胶布防水衣裤，一双长筒胶鞋，一个海绵口罩，一把铁锹。

新兵们感到，最有意思的是那套棉衣，就是抗美援朝时志愿军穿的那种竖条棉衣。每人还发了一件棉大衣、一个毛毡垫。因为这里虽然不像北方那样冷，但很潮，发个毛粘垫主要是为了防潮。

第二天，吃过早饭，5个新兵穿上那身老式棉衣，外面再穿上胶布防水衣裤，把那个圆鼓鼓的口罩也挂到脖子上面，戴上安全帽，穿上那双长筒胶鞋。那个贵州老兵又把那根烂绳子系到腰上，一班人在班长的带领下到连队下面的便道上集合，排长点了名后，四、五、六班迈着整齐的步伐向隧道出发了。

新兵第一次进行隧道施工。来到了隧道口，排长给三个班分配了任务，今天的任务就是先将上一班炸下来的渣石清出洞外，然后打一茬新炮，放完炮后下班。

四班负责打炮眼，六班负责装车，五班主要是运渣石，五班长带战士们到停车场领了三辆推砟石的轨道车，三个人一辆。

这是一种隧道专用的轨道车，车身成 V 形，4 个轮子，前后各有一个工字钢焊的支架，在车斗的中间有一架轴与前后的车架焊在一起，在前后架子上有一片活动的挡板，固定车斗的稳定与翻转。

班长分配完车后，大家就推着那个自己从未见过的车沿着两条窄窄的钢轨向黑黑的洞口出发了。

进洞 200 米后，才有了电灯，虽然有电灯，但都是低压的，且灯泡的瓦数都不大，洞里仍然显得黑乎乎的。

大家头顶上稀里哗啦地向下滴着水，脚下的积水足有半尺深，只有两根钢轨中间还高一些。

班长在前面不时提醒战士们，这里有坑，那里有一块大石头。往前走了 400 米，灯亮了起来，开始有人施工，大家可以看到他们正对两边的墙及地面进行挖掘，风枪突突地响着。

班长大声地告诉战士们，这是一连的施工面，再里面的是四连，二连在最里面的掌子面上，五班的任务就是向前掘进，早一点与对面施工的部队会合。

大家推着那个沉重的轨道车，一边走一边向两边看，只见两边岩石参差不齐，大部分地方已成了不太平整的墙面，还有的地方未形成墙面，石头像牙齿一样向外伸着，好像要咬谁一口似的。

终于走到了隧道的最里端。因为刚放过炮，一些石头被炮崩出好远，轨道车离掌子面还有 20 米远就不能再前进了。

班长让停车，找来一块石头卡在车的轮子后面，防止车滑走。他们一起来到掌子面上，排长正招呼四班的两个人在拉电线安电灯，有人扛来几根方木支在墙壁的两侧，那两个人把灯架在方木上，安上 4 个 200 瓦的灯泡。

上茬炮早已放过，崩下来的石头乱乱地堆在掌子面七八米的范围内，大的有直径一米多，小的也有二三十厘米大，许多石头还半悬着挂在石壁上，似落非落，十分危险。

灯挂好了，四班长和六班长每人手里拿了一根长钢钎，把那些半悬着的石头一个一个地捅下来，排长拿着一个 4 节电池的大手电，沿着墙面一点点地看着，他这是在检查掌子面有没有大的缝子，有没有塌方的危险。

排长是 1966 年入伍的老兵了，隧道施工很有经验，每次人员开始作业前，他都要例行检查无危险后才能施工。排长已经预防过去好几次塌方了，老兵们都很佩服排长。

正是因为有这样一个负责的领导，才会减少战士们很多无谓的伤害。

这时四班和六班把大大小小的石头从掌子面上翻出来，向外清理出一个新的工作面，四班开始准备风枪的胶管，并接到风枪上，他们要打新炮眼了。

五班也没闲着，先清轨头上的乱石，全是用手搬，用铁锹挖开，将石头及碎渣向两边分开，一直挖到掌子面，铺上新轨，然后把车推到掌子面上，这段时间起码耗去了两个多小时。

终于装车了，六班帮五班装车，人能搬得动的石头都装上车，太大的只好用锤破开，这项工作是班长的，他个子很大、很壮，抡起大锤呼呼的，打不了几下就能把石头打开。

装车的时候，那些新兵唯恐落在老兵们的后面，也是拼命地干。汗水湿透了里面的棉衣。

车装满后，五班的三辆车一起向外推，那个车本来就很重，再装上一车石头就更重了，掌子面上的轨道也不平，三个人推一辆显得十分费力。

600 米，洞里有高有低，从高处向下推时，还能站在车的横梁上跟着车跑，但一上坡，三个人就要吃苦头了，那真要使出吃奶的劲一寸一寸地往上挪，而且随时还有翻车的危险，必须时时小心。

出洞口了，轨道沿着山边向外，下面是七八十米高的悬崖，石头从这里倒下去，看着那些石头轰隆隆滚下去的时候，大家心里生出一丝自豪感。

中午，连队炊事班将饭菜担到工地，全排就在隧道口集中吃饭，仍然是高粱米饭，但菜只有一个，就是脱水菜加红烧肉罐头。脱水菜，就是青菜、胡萝卜脱水后，压成一块一块的干菜饼，等吃的时候用水泡，泡开后上灶炒。脱水菜已没了菜的原味，吃在嘴里干巴巴的跟嚼草差不多，好在掺了两罐红烧肉罐头，还有点荤腥，这顿饭，虽然菜太难吃，但由于太累，大家还是吃得很香。

17时多，五班终于把堆在掌子面的石头全推完了，一天共推了8趟。这时四班的炮眼也打好了，四班长带人装上火药，全排的人都撤出掌子面，五六个人推一台车，大家一边喊着，一边推着，轰轰隆隆地出了隧道。

出隧道时，太阳早已不见了，全排在隧道口集中，准备回营区。几个新兵相互地看着，每个人的头发都已被汗水湿透，尘土与汗水混合后把脸搞成了大花脸，老兵们向他们伸出大拇指，夸道："你们表现不错，好样的。"

进入隧道施工的第三天，五班轮到了打炮眼的任务。风枪，对新兵可是陌生的物件，打风枪，更是他们从没有干过的事情。

班长、副班长是打风枪的老手，两台风枪，他们一人带一老一新。

有个新兵因为比较瘦小，班长只分配他干拉胶管之类的事情，连换钢钎的事都不让他做。

那个新兵只干些杂活，当时还很不服气，要求去打风枪，班长说今天你们新兵主要是看，该动手时会让你们动，但在掌子面干活人要机灵一点，多往墙上望一望，如果有情况要及时招呼大家。

风枪响了，噪声非常大，尤其是在隧道那么窄小的空间里，那个突突的响声震耳欲聋，炮眼到快打完时，班长将那个新兵叫了过来，让他扶了一会儿风枪。那兵当时就感觉膀子被剧烈震动着，有点扶不稳风枪把，但他仍然坚持着打完了一个炮眼。

掌子面上的空气非常不好，因打的是干风枪，灰尘在掌子面很难出去。另外，由于三个连队在一条隧道里施工，且都在不同时间放炮，爆炸引起的烟尘非常大。当时掌子面也没有新风输入，只有风枪的气流和从隧道口自然流入的空气，所以，掌子面上隔个七八米就难以认清谁是谁了。

当然，隧道里空气会好些，但隔个 10 多米也同样认不清谁是谁。大家都戴着那个海绵口罩，时间一长感觉很憋闷，有点够不着气的感觉，当时有人并不知道粉尘的危害，就把口罩摘了下来，班长跑过来大声地训了他一顿，让他马上重新戴好口罩。

中午全班吃过饭以后没有休息，整整一天，才把全作业面的炮眼打完，跟着就是装雷管炸药，这项工作由副班长带一个老兵负责。

大家都撤出了掌子面，最后由副班长和一个老兵点着了炮捻，大约几分钟后，炮响了，那是一种特殊的感觉，在隧道里，炮声从里面传来，好像从耳朵的一边穿过，明显地从另一边出去了，那种震动感也与在空地上放炮不一样，感觉怪怪的。

就这样干了半个月，隧道终于打通了。这时一连、四连撤场搬家，去做其他工作了，只有二连进行后期的。

余下的工作便是修边墙，挖避车洞、避人洞，打边墙、避车洞、避人洞的混凝土，打底板，修泄水槽、电缆沟等。

这些活说得容易干起来却难，这段时间加班特多且时间长。

一次五班打隧道的混凝土地板，所有沙子、水泥都要从隧道外面拉进来，完全是人工搅拌，领导给他们的任务是完成100米长的距离。

那次他们在隧道里一干就是36个小时，炊事班送了几次饭，大家都记不清了，人累得往暗处一倒，就呼呼睡去，任凭水滴到脸上、身上，班长在黑黑的洞里喊人根本就听不到，只好一个一个地找。把人找齐都要费上一支烟的工夫，当人从隧道里走出时，又累又困，东西南北都不知道了。回到宿舍，洗完澡后，饭也不吃了，倒头便睡。

在进入隧道施工的第9天，五班仍然是往洞外出渣，有个新兵与广东老李是第一辆车，当时从掌子面推着车出来，是下坡，车的速度较快，经过一连的作业面时，不知道一连正在放炮，里面看炮的人看到他们俩轰隆隆地出来，大声喊，因当时车轮的声音很大，他们也没有听清，车从那个人身边一滑而过，当他俩滑出一连作业区10多米时，炮就响了。其中一块石头还打到了新兵的身上，只因当时装的都是小炮，所以才未出人命，要是掌子面上的那种大炮，恐怕那次这个新兵就没命了。

有一天，全排打避车洞的混凝土墙，那种洞比较深，挖的时候又不精确，所以往往要往里填很多的石头和混凝土。五班是在架子上进行搅拌，班长叫那个瘦小的新兵钻到洞里进行捣固，那时没有振捣棒，全靠人工沿模板边上用钢钎打成的铲子上下捣。

那天开卷扬机的是五连的一个新兵，因为对操作不太熟悉，师傅又不在身边，在往上吊东西时，手柄拉过了头，新兵一时不知道怎样处置，卷扬机一下子就把搅拌架拉倒了，班里人从台上都跳了下去，台上的混凝土、石头全涌进了避车洞中。

而当时那个瘦小的新兵正在里面，那么多的东西一下子进来，把他涌到洞的最里面，脑袋一下子撞到了石头上，当时就完全蒙了，班长从外面爬进来喊那个新兵的名字，他虽然听到了，但就是不知道回答，直到班长拉到他的一条腿时，这才出声。

班长当时真是吓坏了，后来他问那个新兵怕没怕，那新兵说：当时自己还真没感到害怕。

在这个隧道施工进行了一个半月，因为洞里太潮，干活时又出很多汗，外面穿着胶布的防水雨衣，汗又蒸发不出去。在施工一个月的时候，有的人就感觉膝盖越来越难受，有一天，发现已经肿起来了，当时大家并未在意，但在以后的岁月里却尝到了关节炎的苦头。

　　经过一个半月的艰苦施工，榆溪河隧道全线贯通了，大家圆满地完成了任务。

打通襄渝马坊梁隧道

铁道兵五八〇七部队和五八一〇部队的部分连队，担负着襄渝铁路中段工程，其中有一座1000多米长的马坊梁隧道。

大家在这里施工，感到马坊梁地质复杂，石质破碎，泥石夹层多，隐泉分布密。

有时，大家稍一触动被泉水泡软的泥石，泥石就会夹着泉水直往外涌。如果施工的时候捅塌了碎石，洞穿了泉囊，泉水就会冲着石砟，石砟推着泉水，越流越急，越坍越大。

大家因此管马坊梁称作"麻烦梁"。

一次，五八〇七部队十七连正准备在原塌方地段灌注拱部混凝土，突然，泥浆四泻，石层下塌，排架下沉，帽木眼看就要压到拱架上。

连长周泽贵立即在工地上召开紧急会议，与大家一起热烈讨论着对付办法。

有人说："现在客观情况有变了，必须摸索新方法适应新的情况。"

有人说："导坑塌方以后，上面总有空隙，可以想法子把土石顶回去。"

大家你一言我一语，周泽贵受到了很大的启发，他回想自己参加架桥起重的情景，就想到：用千斤顶托住钢梁，把泥石流顶回去，打一场起山的战斗不行吗？

周泽贵把自己的想法提了出来，大家一分析，都表示赞同。

接着周泽贵把这个想法向部队党委作了汇报，得到了领导的支持。党委还及时派人到连队同战士们一起研究起山的具体措施。

兄弟部队得知十七连起山的消息后，都主动前来支援，从几十里外送来了6个大型油压千斤顶。

十七连的干部战士们在"拱架碰着头，泥沙遍地流"的导坑里，清除泥浆和松渣，由于摆不开兵力，他们便组织轮流突击，运料直不起腰来，就在方木上钉一行扒钉当把手，一节节地往里塞。

大家还在钢板底下摆上圆木，一段段地朝前滚。大家就这样苦干加巧干，终于提前完成了准备工作。

大家看到，平台上"一"字形摆开的千斤顶，就像是顶天立地的大力士，稳稳当当地顶住托着帽木的钢梁。在一旁操纵千斤顶的战士，稳稳地站在那里，全神贯注地工作。

随着哨音"嘟嘟"的响声，千斤顶慢慢地上升，战士们的脸上都露出了笑容。

可是，千斤顶才升高了10多厘米，有的千斤顶就卡壳了。顿时，大家舒展的眉头又紧缩起来。

副排长黄日红和副班长陈宏直迅速手攀脚蹬钻进了

里面。他们一个观察险情，一个侦察虚实。

他们看到，原来是抢塌方的时候所用的木料、钢筋被泥石流冲得横七竖八的，它们相互卡在了一起。

大家明白，如果要继续升高排架，就必须把这些木头和钢轨砍下来，但里面又小又闷，砍木头、割钢轨这些工作只能蜷缩着身体在泥水里作业。

电焊工雷光顶坚持在里面干了 16 个小时，他被憋得腰酸腿痛，熏得头晕眼花，灼得火烧火燎。但雷光顶一直到割完最后一根钢轨才从里面出来。

大家终于夺回了泥石流侵占的空间，安上了能顶住巨大压力的钢桁架，都高声欢呼起来。

大家继续把隧道向大山腹部延伸，但正在这时，他们却遇到了更加严重的问题，山顶上有 30 多条裂缝纵横交错，有的宽达 0.3 米、长达 60 多米，大有山崩地裂之势。

大家在隧道内看到，拱部也断裂了，边墙已经鼓出来了，洞门也在发生横向移动，隧道面临被摧毁的危险。

为了稳住隧道，由部队和地质队、设计队组成的攻关小组迅速赶往现场。

他们根据初步调查，认为山顶开裂和拱部压断，是由于地表风化、塌方严重和连日大雨造成的。因此他们提出"加强支护、开沟防水、回填裂缝、增厚拱墙"的紧急措施。

但是，仍然没有收到很好的效果。

为了确实掌握第一手材料,五七五二部队的副部队长周子和白天和战士们头顶烈日,跑遍了马坊梁,他仔细探察山上的每条裂缝。晚上,周子和又脚踏泥水,守在隧道里,认真观察各处险情。

地质队和设计队的技术人员为了准确地弄清情况,他们也在积极重新钻探,调查地质,检算断面,提供详细的技术资料。

测量班的人在山上分点打桩,定期测量,在洞内裂口处作上标记,记录开裂的数据。

大家经过广泛的调查,科学的分析和研究,终于查明了拱墙压断、山顶开裂的原因,都是由于山体中滑动层严重移动引起的。

山体滑动牵住了大家的心,他们明白,能不能制止山体滑动,成了能不能保住隧道的关键问题。

为了彻底制服滑动层,周子和和攻关小组发动大家献计献策,大家都在动脑筋想办法。最后大家根据滑动层见风风化、见水下滑、一动就塌的特点,提出了"切"和"锁"两套方案。

所谓"切",就是把滑动层拖走,给隧道减轻负载;而"锁"就是通过内外压浆,凝固山体,稳住滑动层。

攻关小组针对这两套方案,没有轻易下结论哪种方案更好,而是进一步作调查,分析利弊。最后他们认识到:"切"的方法虽然能给隧道减载,但要把几十万方土石从山上挖走,隧道施工就要被迫停下来,加上正值雨季,大断面开挖就会引起更严重的塌方,不宜采用。

而他们认为:"锁"的方法则能通过压浆填塞空隙,固结岩层,稳住山体,既不受雨季限制,也可以在隧道施工的同时进行。

这样,一个以内外压浆为主的根治危害的方案产生了。战士们说:"这是给山体打针呢。"

大家洞内齐头并进,洞外压浆比洞内更难。难就难在运输上。

云雾缭绕的马坊梁,山高坡陡,荆棘丛生,笨重的钻眼机、压浆机和大量的水泥、沙子全靠大家人力搬运上山。

战士们在山坡上,背着沙子,扛着水泥,还要用手拨开荆棘,艰难前进。还有的战士抬着500多公斤的钻眼机,大家喊着号子,慢慢地向前移动着脚步。

战士们硬是用他们的肩膀,把千吨器材运上了高山,从80多个钻孔里压进了水泥砂浆。这内外压浆就像浇铸了无数的链条,紧紧地锁住了危害严重的滑动层。

大家在马坊梁施工中感到,如果说滑动层难办的话,那么难缠的就算是各种不同的千枚岩组成的破碎带了。

战士们要在破碎带上打炮眼,有时,同一个断面就出现几种石质,有的硬如玉块,有的软如朽木,有的散如渣滓。

大家放炮的时候,不是炸不下来,就是炸得难以收拾。

针对这种情况，五八〇七部队十一连党支部组织全连干部战士，鼓励大家到实践中去开辟认识真理的道路。干部战士们经过多次摸索，终于用多打眼、打浅眼的办法，解决了炸不下来的问题。并在放炮前用两米多长的钢钎，一端打进掌子面，一端搁在排架上，做个临时棚顶，较好地解决了塌方问题，使工班的进度由几厘米提高到1米以上。

放炮的问题解决了，大家又要面临新的问题，五八一〇部队十九连在破碎带挖马口的时候，遇到一种斜挂的绢云母千枚岩。这种岩石特别容易滑落。

大家起初根据过去的经验，在支撑上打主意，他们用斜支、直顶、横撑的办法，但就是不能解决岩石下滑的问题，而且支撑太多，就会阻碍导坑作业。

班长陈文明在施工中特别注意观察这种千枚岩的结构，发现它层层相叠，整体性差，表面光滑，不能互相钳制，这是下滑的主要原因。

陈文明反复思考着如何才能克服这些弱点。一次他下班回来，拿出小本子又画开了。陈文明一面画，一面联想到兄弟单位用钢钎做顶棚治塌方的方法，他心中不由一动：是不是可以在千枚岩上穿上钢筋，就像订书本一样，把千枚岩装订成册来防止滑落呢？

陈文明把小本一合，就马上跑到工地上和大家试验开了。

大家把一排钢筋插上了，千枚岩依然下滑。陈文明毫不灰心，又和大家分析研究。

　　陈文明在工程师贺树生的启发下，认识到钢筋紧密地插在一条横线上，千枚岩容易沿线断裂。因此大家又将钢筋的分布由"一"字形改为三角形或梅花形，终于钉住了千枚岩。

　　大家在马坊梁大战了 700 多个日日夜夜，终于克服了道道难关，战胜了重重麻烦，按时建成了这座钢材做骨架的特别隧道，迎来了胜利的列车。

打通襄渝大巴山隧道

1970年，正当大巴山冰封雪飘的季节，五八三六部队、五八三九部队和四川省达县民兵团、南江民兵团组成的筑路大军，顶风冒雪，汇集在大巴山脚下，接受开凿大巴山隧道的艰巨任务。

任务刚一拿到手，大家摩拳擦掌，恨不得马上就投入战斗。

然而，隧道工地坐落在深山峡谷里，公路不通，各种物资运不进来，施工场地狭窄，兵力施展不开，这与时间紧、任务重形成了矛盾。

面对重重的困难，部队党委决定，先派遣小分队插进深山工地，开辟工作面，为大部队展开大会战创造条件。

五八三六部队七连和五八三九部队九连接受了这项任务，他们踏着皑皑白雪，攀登悬崖，翻越绝壁，分别开进了隧道的进口和出口工地。

七连来到一个方圆不到30米的深谷河滩上，大家在这里安营扎寨。在这里，举目见高山，仰头才见天，一天只见到五六个小时的太阳，大家都说，这真像个"井底谷"。

大家坐在河滩上，回忆起当年红军战斗在大巴山区的情景，他们激动地说："我们是红军的后代，险山恶水能改造，天大的困难能战胜！"

战士们一想到一条崭新的钢铁大道就要从这里通过时，都非常激动地说："井底谷不向阳，战士胸中有朝阳！"

第二天，战士们就投入了开挖隧道的战斗。隧道进口在峡谷绝壁上，没有立足的地方，战士们就把保险绳拴在山腰的树上，吊在绝壁上打炮眼，他们硬是用大锤、钢钎砸开了隧道的洞门。

战士们将导坑继续向大山的腹部延伸。当时机械还没有运进来，工具也不全，但大家不依赖，不等待，没有电灯，他们就用马灯、火把来照明；没有斗车，他们就自制胶轮车出渣；没有通风设备，他们就人工扇风驱烟。

有一段时间，连日大雨倾盆，粮食和蔬菜一时运不进来，大家就喝面糊，拌盐水，将三餐改成两餐，但仍然没有耽误施工。

七连为了全局吃苦在先的这种精神，深深鼓舞着全体部队和广大民兵。大家修建临时住房，抢修公路便道，架设输电设备，各项工作都大大加快了速度。

正在这时，团政委周岷山接到师里电话通知：铁道兵西南指挥部政委苏超和司令部袁参谋长，已经从成都出发了，前来大巴山隧道进口视察。

听到这个消息，周岷山首先考虑的是进山走哪条路线的问题。

一是自大巴山北麓的陕西省镇巴县境,也就是从团指挥所所在地爬越高度1500米的光棍岭进山。另外就是由大巴山南麓的四川省万源县出发,要翻越高度1800米的大巴山关隘进山。

经过协商,苏超决定走南线。看到周岷山脸上有些犹豫,苏超对他说:"你们常年战斗在第一线,都不怕苦和累,而我们高高在上坐机关,这次尝试爬一回大巴山,在深山野谷住上一个夜晚,亲身体验一下山区的艰苦生活,只会有利于提高领导机关对部队的疾苦感情。"

在临走时,周岷山将事先准备好的两根拐杖递给苏超和袁参谋长,苏超很不解地问:"拿这玩意干啥用?"

周岷山说:"这叫'爬山棒',大凡爬越大巴山的人,不论老少都要具有这种武器,必要时,它可能会为你尽一棒之力。"

苏超听后点点头,他说:"那好,请你前头引路吧。"

一路上,他们走一会儿就休息一会儿,顺便聊一会儿。饿了就吃点自带的干粮,渴了就喝一口自备的水。经过一番艰苦的跋涉,他们终于到达了苏超要视察的地方。

苏超问周岷山大巴山隧道的进口在什么部位,周岷山朝着对面悬崖的树丛里指了指。

苏超朝那里一看,不由得倒吸了一口冷气。只见此地地形险峻,四周怪石嶙峋,根本没有立足之地,甚至连猴子也不易攀缘，而脚下无底的沟谷里发出阵阵山水冲击岩体的轰鸣巨响。

苏超和袁参谋长默然地看了很久，然后他们都说："这里的条件的确艰苦，也许是命运的决定，凡是无人栖息之地，必定是咱们铁道兵修路的好去处。"

晚上，他们都睡不着，于是大家都坐起来，披着被子，摸着夜色，策划下一步的工作思路：

关于加速抢修公路便道问题；
关于规划部队驻防设营问题；
关于组织迎接大部队进山问题；
关于做好重点工程开工问题；
关于如何带好民工团问题；
关于与地方协调支援问题；
关于加强部队政治工作问题；
关于组织抢运物资问题。
……

为了保证七连和九连这两把尖刀能顺利地插进大巴山，部队党委指定5个连队和部分民兵组成运输队，专门为隧道工地抢运急需的机械和工具、材料以及生活物资。

参加运输的军民把这项工作当作为全局出力的战斗岗位，他们翻山越岭，肩扛人背，把大批物资器材不分昼夜地运到施工第一线。

镇巴县原滩公社 63 岁的贫农社员李大爷，当年红军长征路过大巴山的时候，他曾给红军当过向导，背过军粮。现在李大爷一听说部队在深山修铁路，急需物资，他立即参加了运输队。

领导和大家见李大爷年纪大了，都劝他做别的工作，但李大爷说："修路也好比打仗，前方要什么，后方不分男女老少，都要全力支援。"

随后，李大爷二话不说，背起背篓跨进了运输队伍的行列。

有一次，参加运输的五八三六部队十六连的战士们背物资，翻越大山，刚刚劳累了一天回到连队。这时隧道工地打来了电话："工地上急需柴油供应！"

大家都知道，柴油是机械的血液，如果没有了柴油，机器就要停转，隧道就要停工。

但这时，天正在下大雨，到隧道工地往返一趟要摸黑走 30 多公里的险峻山路。

战士们都毫不犹豫地说："工地的需要就是我们的任务，连夜送油！"

连里挑选了 24 名战士，由排长童跃坤带领着立即背起油箱冒雨出发了。

大家踏着泥泞来到大巴山顶峰的时候，已经是深夜 23 时了，这时还有 30 多公里的下坡路必须在两个多小时内赶完。

这时，童跃坤大声对大家说："同志们，现在一分一秒都非常宝贵，为了保证隧道施工，我们要排除万难，把油及时送到工地！"

大家迅速紧了紧油箱背带，加快了前进步伐，遇到陡坡地段，他们干脆连走带滑，就像坐电梯一样下去了。一路上，谁也记不清摔了多少跤，擦破了几处皮。

凌晨1时，童跃坤和战士们听到了工地上隆隆的机器声。

隧道工地的战士们见到一身水、一身泥的战友，激动地握着运输队的手说："为了大巴山隧道施工，你们两腿都跑细了。"

为了大巴山隧道工程的进展，在短短的一个月里，十六连的战士们平均每人就往返翻越大巴山近50次，行程达1750公里。

有一次，工地急需一台大型发电机作动力，机械是放置在山外的物资基地里，因为公路便道没有打通，唯有汽车能承担运输的笨重机械，一时又运不进来，成了当时的难题。

十六连的指战员们听到这个任务后，他们响亮地回答："为加速铁路建设，不要说发电机这个庞然大物，就是一座铁山也要设法把它移走！"

因为山高、坡陡、路窄、行走难，战士们就把发电机分解开来搬运，但是，光发电机底盘足有800多公斤，外壳毛重也有1100公斤。

当时，二排挑选出了24名精悍的小伙子，首先来啃外壳这块硬骨头。

一切安排妥当后，排长童跃坤一边喊着号子，一边前后指挥，24个人肩抬沉重的机件，步伐整齐地艰苦爬行在山间。他们相继越过了"通天梯"和"狮子口"等险关。

在攀登通天梯的时候，峰险崖高，路隘苔滑，战士们利用两个人的重担一个人挑的办法，抽出一些力量加强前呼后拥共闯难关。

陈品龙主动要求抬最重的部位，他肩负着150公斤的重量，迈步在40多度的陡坡上。大家见陈品龙的脸上汗珠滚滚，而且他的步子也有些紊乱，这才有人说陈品龙已经生病好几天了。

大家都决定替换陈品龙，但陈品龙心里明白，在这光滑的陡坡上换人是十分危险的，他坚决不让换人，硬是抖擞起精神，走过了通天梯。

翻过通天梯之后，还要过狮子口，所谓狮子口，就是长约3米、宽约1米的一条古栈道。

但这时，24个人并排抬着千斤重的机件，要想顺利地通过是不可能的。而且，狮子口的下面就是万丈深渊，如果把握不好，大有人机一同摔入山谷的危险。

排长急了，他目不转睛地盯着狮子口，思考了半天，他正想着要到狮子口的前沿，架起一座小桥的时候，战士陈国江也想到了。

陈国江拎起了两根抬杠，跳进了崖下的石阶上，一头搭在路崖上，一头放在自己的两个肩头。原来，陈国江要用人做路基，让抬机件的战友踏着他搭起的人桥走过去。

此刻，又有几个战士立即响应，谁也没有考虑生死而畏缩不前，他们都分秒必争，要设法把发电机机件抬上高山工地，再没有争论，谁也不相让，一个一个地跳到路下，身并在一起，把抬杠架在自己的肩头上，一下加宽了路面。

排长和战士们就这样，含着激动的眼泪，踩着陈国江和战友们刚才筑起的路基上，轻轻地、慢慢地走过了狮子口。

1971年6月，在隧道出口，五八三九部队七连的作业面上，遇到了一种硬不硬、软不软，不像泥不像石，又黏又绵，有特殊收缩力的岩层。

大家用风枪打炮眼，打不了几寸，钻杆就被粘住转不动了。好不容易打成了一个炮眼，可不等战士们装药，炮眼又闭合了。大家拿铁镐刨，一镐下去，就像刨在橡皮上，立即弹了回来。

战士们把这种特殊的岩层叫作"橡胶泥"。

为了迅速搬掉这个障碍物，召开会议，集思广益，人人献计献策。不少人一连几个工班蹲在工地上搞试验，摸规律，探索橡胶泥的特点，研究制服它的措施。就连炊事班的人也在动脑筋想办法。

老工长刘海荣脑子里整天就想着如何制服橡胶泥。有一天他正吃饭的时候，突然记起 1958 年在铁路局参加某隧道施工的时候，他们也碰见过类似的岩层，当时用大锤钢钎捣炮眼，闯过了难关。

正在这个时候，炊事班长叶育龙也从平时搅面糊用筷子直插进去比搅着进去省力得到了启示。

刘海荣和叶育龙一商量，他俩正好想到了一个点子上了，刘海荣当时立即把碗一推，兴冲冲地向工地上跑去。

来到工地上，刘海荣和工地上的战士们试着用钢钎捣眼，果然很快就捣成了 20 多个炮眼。

但是，大家装上药爆破时，却只有两炮炸出了个小坑，其余的只是把橡胶泥稍微鼓动了一下，很快它又收缩合拢了。

面对这种情况，刘海荣毫不气馁，他和大家继续实践，分析研究，终于掌握了岩层的收缩规律，总结了一套方法，他们打浅眼、打密眼，先插木棍后装药，勤放炮，快出渣，终于制服了橡胶泥。

与此同时，负责运渣任务的南江民兵团五连也集中群众智慧，反复实践，解决了装运橡胶泥的难题。他们在斗车上撒上锯木渣，快装快运，防止橡胶泥粘在斗车上，保证了工程继续向前突飞猛进。

8 月时，进口工地又遇到了"泥沙流"。

有一天，大家放了一排炮后，导坑内从几个溶洞里同时涌出泥沙浆来，一昼夜流量达 10 多万立方米，几百米长的导坑很快就被淤积了一米多高，如果不迅速排除，那整个导坑将有被淤死的危险。

在这紧急时刻，部队领导干部来到了现场，亲自察看险情，大家召开了工地"诸葛亮会"。在会上，大家根据泥沙流时大时小的规律，提出了六七种抢险方案。

经过分析比较，工地指挥所决定：筑墙堵洞，斩断泥沙流。一场堵洞截流的战斗打响了。

五八三六部队一连连长秦志发一马当先，率领干部、战士和民兵，战斗在紧靠溶洞的最前沿。

当时，齐腰深的泥沙浆猛烈地冲来，把大家一直往外推，泥浆糊住了衣服，他们索性光着膀子，赤着脚，扛沙包，筑围墙，同泥沙流展开顽强的搏斗。

就在快要封口的时候，大家突然听到溶洞内发出一阵震耳欲聋的响声，泥沙流凶狠地冲击着沙包墙。

大家知道，一旦沙包墙被冲倒，不仅前功尽弃，更严重的是，在洞内抢险的几百名军民的生命将受到威胁。

副排长王子益大喊一声："保住沙包墙，就是天塌下来也要顶住！"然后他一个箭步冲上去，用身体紧紧地顶住沙包墙，紧接着，陈治根、李玉泉、姚明衡等人也冲了上去。

这时，汹涌咆哮的泥沙流溢过了墙顶，向大家猛压过来，刚刚垒起的沙包墙随时都有被冲倒的危险。

这时，正在 100 多米以外装沙包的达县民兵团一连班长朱石翘发现了险情,他立即率领10多名民兵向险区赶来。

连长秦志发看到这种情况,又激动又焦急,连忙大声呼喊:"这里危险,快往外撤!"

可是,朱石翘等10多名民兵眼看险情威胁着大家的安全,他们心急如焚,一齐扑向摇摇欲坠的沙包墙,大家用手撑,用肩顶,筑起了一道坚不可摧的人墙。

正在导坑分阶段刨沙挖泥的其他人听到消息后,也都抬着两三百斤重的沙包,像给前沿阵地抢运子弹一样,迅速奔向溶洞口。

军民们团结一心,大家一边加固沙包墙,一边筑起混凝土墙。经过20多个小时的激烈战斗,斩断了汹涌的泥沙流,冲破了前进路上的又一道难关。

在开凿大巴山隧道的日日夜夜里,不仅直接参加施工的军民团结战斗,而且兄弟部队和地方有关单位也时刻关心着这一重点工程的进展,主动搞好团结协作,为进行隧道建设作出了贡献。

1972年,大家决心大干快干,进一步加快施工步伐,早日迎接火车过巴山。

3月的一天,隧道出口导坑的作业面上,一排炮后,地下水呼啦啦地喷涌而出。在向下坡的导坑里,水排不出来,水位急速上升,转眼间,隧道就变成了地下长河,整个隧道工程又面临停工的威胁。

部队领导干部闻讯立即赶到现场。

为了摸清水情，订出治水有效方案，五八三九部队二营长季朝义和技术干部一起，坐着木筏，朝导坑深处划去。

大家发现，越往里，水面距离导坑顶部越近，就不能坐在木筏上划了，他们就躺在木筏上，用手扒着导坑顶一点一点移动，艰难地向作业面接近。

大家经过探察，掌握了水情的第一手资料，在部队首长的主持下，一个"分段接力抽水"的方案产生了。

实现这个方案，就急需40多台自吸式抽水机和总延长4.5公里的排水管，上级党委决定立即从各部队抽调，满足大巴山隧道抢险的需要。

消息传到五八三八部队，党委立即召开紧急会议进行研究。

党委书记王明德和其他领导一边翻阅材料、机械记录本，一边察看本部队大桥施工的蓝图，他们思索着、研究着。

在这时，大家都不约而同地想到一个难题：大巴隧道急需抽水机，但自己部队施工地段跨河大桥多，而且汛期马上就要到来，所有排水设备早已经分配到最需要的地方去了，眼下库房里一台自吸式抽水机也没有，怎么办？

这时，王明德把手一挥，他斩钉截铁地说："兄弟单位的困难就是我们的困难，宁愿自己用盆子端水，也要调出抽水机支援他们。"

党委委员们一致赞同王明德的意见，决定用最好的抽水机支援兄弟单位。

党委的决定传到桥梁施工现场，指战员和民兵们毫不犹豫，大家马上动手拆卸抽水机。当天，就从大桥工地抽出6台自吸式抽水机送往大巴山隧道。

在同一时间，北京水文研究院也派人从首都专程赶来参加治水战斗。

夜深了，储备库的人们仍挥汗如雨，加紧翻仓倒库，搬运水管，四川省汽车运输第二十一队的工人们，听说要出车为大巴山隧道工地抢运排水器材，一个个主动跑到车队办公室请求任务。

老司机钟文才、何宗胜、王玉凡出车刚刚回来，也争先跑来报名。车队领导考虑到他们年纪已经大了，要他们好好休息，但他们坚定地说："为了支援解放军战胜地下水，为加速社会主义建设，再苦再险，我们也要出车！"

领导批准了他们的请求。三位老司机驾驶汽车在崎岖不平的盘山险道上连续行车30多个小时，提前把水管送到了工地。

兄弟部队从施工现场抽调的排水设备源源不断地运到大巴山隧道。

五八三九部队十连不顾天寒水冷，他们纷纷冲进地下长河，安装抽水机、排水管。

排水管接好后，抽水机立即开始抽水。但是，抽水机不能安在深水处，必须一段一段地往前移，抽水机一停，地下水很快又涌了上来。

战士们就把抽水机安在平板车上，边抽边往前推，保证了抽水机不停地运转。

大家经过 17 个昼夜的紧张战斗，地下洪流终于节节败退了，导坑里又充满了风枪的怒吼声和战士们的欢笑声。

大家团结奋战两年多，大巴山隧道终于被打通了，铺轨列车胜利地穿越大巴山，向陕南挺进。

军民携手抗洪保路

五八三四部队指战员和渠县民兵团为了加速新中国的建设，他们正在崇山峻岭中紧张地修建着襄渝铁路。

5月中旬的一天，大家正在襄渝线的十七号隧道中段施工。这时，由于连降暴雨，工地上突然暴发了40多年来罕见的特大山洪。

一时间，七沟八岭的洪水掀起一人多高的浪头，一齐涌进隧道附近的响水河。

洪水奔腾翻滚着冲垮了上游的水坝，冲塌了工地上的防洪设施，漫过了梯坎高坡，排山倒海似的向隧道一号"天窗"袭来。一号"天窗"的表面顿时成了一片汪洋。

洪水盖住了井口，卷着泥沙，向隧道里冲去。仅10分钟的时间，就灌满了从一号天窗到四号斜井的数百米隧道。

然后洪水又冲出了斜井，水位超出隧道导坑的最高点3米多。

这时，在这个地段施工的绝大多数民兵已经安全离开了险区，但是，还有一些战士来不及撤离，被洪水封在洞里面了。

情况万分紧急！

铁道兵党委连夜召开了常委紧急会议,大家迅速给抗洪抢险部队发出指示,并派一位党委成员、副司令员乘空军特派的专机,冲破浓云密雾来到现场指挥战斗。

省军区、军分区、人民武装部、所在地区的党组织负责同志也都火速赶来了。

联合抗洪抢险指挥部迅速成立。

人们全力以赴,齐心协力抗洪,指战员们哪里危险就出现在哪里,民兵战士踩泥涉水在紧张地战斗,过路的运输车队掉转车头积极参战。路过工地的人们马上抬起了堵洪的草袋,散居在三山五岭上的当地乡亲们也都举着松明火把,端盆提桶,投入了抗洪行列。

年迈的大爷、大娘听说堵洪水需要草袋,他们马上卷起床上的草铺,急忙编织,并连夜送到工地上。

人们从四面八方迅速赶来,很快汇成了一支抗洪抢险的大军。

洪水继续向一号天窗急速涌进。抢救被洪水封在洞里的人的首要任务,就是挡住滚滚而来的洪水,降低洞里的水位。

改河分流、堵口截流的战斗在紧张地进行,各级领导干部、共产党员带领抢险群众踩烂泥、顶急流、扛木料、抬石头,大家都积极主动地忙碌着。

突然,广播里传来对岸要求推土机司机过河抢险的通知。

但是,山洪已经把附近地段冲得桥塌路断,只有一根杯口粗的钢管横跨响水河两岸,在洪峰中时隐时现。

机械连副排长李永明听到广播后,立即放下手中的装土草袋,冲向激流。

李永明用胳膊紧紧地夹着钢管,迎着狂风巨浪,顽强地冲过了激流。

更多的推土机司机跟在李永明的后面纷纷赶来,他们开动推土机,移山开河。

堵口截流工程进展很快,截洪水的堤坝眼看就要合围了,这时,大雨更猛了,水势更加汹涌,流速加快,土袋扔进水里立即就被卷走了,新筑的堤坝眼看要被冲塌。

在这危急的关头,十七连班长贺淑荣高喊着:"大家跟我来!"然后他就跳进了滚滚的激流中,用身体堵住了缺口。

在贺淑荣的带动下,几十名干部战士一齐跳了下去,大家手挽手,筑起了一道冲不垮的人堤。

大家知道,贺淑荣当时已经病了4天,他是听到有人遇险后急忙来到抢险现场的,领导和战士们都劝他回去休息,但贺淑荣坚持不肯回去。

在最后合围的时候,需要投扔大块石料,但因为缺口狭窄,水里的人多,搞不好容易砸伤人。贺淑荣再三要求战士们都上岸,他说:"这里危险,留下我一个人就行了。"

大家怕砸着贺淑荣,投扔石块的时候有些迟疑,贺淑荣立即大声说:"不要怕,不要再等了,抢救里面的同志的生命要紧,快向我这里扔!"

大家含着激动的泪水,搬起一块块石头,大胆、准确地投进缺口里。一时间,水柱冲起,浪花飞溅,威胁洞里遇险人员安全的洪水终于被拦腰斩断了。

隧道里灌满了洪水,到处一片漆黑。由于洪水来势迅猛,盖住井口向隧道里灌,洞里的空气被压缩在顶部空间,形成了高压气仓,这为被封在洞里的人们留下了生存的条件。

当洪水涌进来的时候,在隧道最深处作业的民兵班长燕世芳和战友们来不及撤离,他们攀上了导坑的支撑排架。

洪水很快就漫过了他们的胸膛,淹到了嘴边,他们只能仰着面孔,鼻梁紧贴洞顶石壁,艰难地呼吸着。

黑暗中,燕世芳一边一个一个地询问着大家的情况,一边对大家鼓励着:"放心吧,解放军一定会来抢救我们的。大家一定要坚持住。"

上导坑里,唯一可供上下的漏斗变成了水井,这里,洪水围困着31个人,其中有14名女民兵。

随着洪水猛涨,气压不断增大,大家感到头昏脑涨,耳膜像被撕裂一样疼痛,饥饿、寒冷和窒息的威胁也步步紧逼。

这时,民兵排长李尚友对大家说:"大家不要着急,我们要齐心协力,团结战斗!"

李尚友察看了地形，组织大家打洞突围，向外报警，但没有成功。后来，电筒没电了，火柴用完了，打火机的棉花也掏出来烧完了，导坑里伸手不见五指。

李尚友安排大家休息以后，他忍着腹痛守在漏斗边探测水位，思考着组织大家脱险的办法。

李尚友用手抓着扒钉，脚蹬着又湿又滑的圆木，艰难地摸到井底，为探路报信的人仔细选择下水的位置，告诉他们，哪里可以站脚，哪里可以扶手，他都摸得清清楚楚。

傍晚，乌云压着群山。洪水灌满隧道已经 30 多个小时了。

工地上，灯火通明，抽水机在轰响着，尽管抽水机群以每小时 1000 多立方的抽水量向外排水，但人们总觉得洞里的水位下降太慢，大家都恨不得一口气把整个隧道的水都抽光，把里面的人救出来。

斜井通向隧道的洞口终于露出来了，一连连长黄恭卫、五连文书罗贤树和八班长朱治恒飞快地跳入水中，主动结成一个战斗小组。

黄恭卫举起手灯一照，水位距离洞顶只有三指高，而且时起时落，进去随时都会遇到危险。这里曾经多次塌方，现在经过洪水浸泡，碎石经常坍落，更是险上加险。

黄恭卫把手一挥，大喊了一声："进！"就一个猛子扎了进去。罗贤树、朱治恒紧跟着往里潜游。

洞里伸手不见五指，他们时而被横七竖八的斗车、圆木挡住去路，时而被纵横交织的电线、绳索缠住手脚，而且只能在洞顶很少的空隙中仰面喘息。

三个人的身上被排架、扒钉撞碰得到处是伤，又经过冷水浸泡，一阵阵钻心似的疼痛向他们袭来。

他们正向纵深潜进的时候，突然一块石头"咚"的一声掉了下来，这是塌方的信号。

面对险情，黄恭卫坚定地说："为了抢救里面遇险的民兵同志，我们不找到他们决不后退！"

洞外，人们焦急地盼望着黄恭卫他们的消息。30分钟过去了，还不见动静，首长们决定再派几个人进去侦察情况。

这时，大家都纷纷争先恐后地要求下去，副排长卓玉良带领一个组下去了，随后十六连连长齐登鹏又带领一个组下去了。

黄恭卫他们三个人终于找到了通向上导坑的漏斗。当他们爬到上导坑时，打开手灯，终于看到了正在洪水中艰苦挣扎的民兵。

大家高兴地对民兵们喊："亲爱的战友，亲爱的同志们，可找到你们啦！"

民兵们猛然看见三位解放军出现在面前，都禁不住热泪盈眶、激动万分。

由于长时间战斗，过度疲劳，黄恭卫只觉得眼前一黑，身子不由自主地向前倾倒下去。但黄恭卫心里明白，这个时候，千万不能倒下去。他扶着石壁，弄清了洞里的情况，马上潜水出去向首长汇报，紧接着又带着首长的指示返回来，组织护送民兵脱险。

为了保证民兵安全撤离，黄恭卫在上导坑召开了紧急会议，安排好上送、下接、传递等各个环节以后，他又到最危险的地方指挥去了。

洞里的人由于两天来跟洪水、高压空气、寒冷、饥饿等困难顽强搏斗，体质非常虚弱，不少人都处于昏迷状态。有人喊道："里面有病人，医生快来！"

助理军医郭添筹立即挎上自制的轻便氧气袋，把封好的急救药品和器材盒插在贴身的汗衫里，潜进黑乎乎的隧道里。

郭添筹找到遇险的人们以后，立即为民兵一个一个地诊断、护理。当郭添筹发现有一个民兵浑身发冷，已经昏迷不醒时，他急忙脱下自己的汗衫，拧干水，把自己的胸部擦热，然后将那个民兵紧紧地抱在怀里，用自己的胸膛温暖民兵的身体。

护送民兵脱险的行动开始了，一个女民兵不会水，罗贤树为了不让她喝一口水，坚持在水中用头顶着她前进。

经过紧急抢救，52名民兵终于脱险了。

洪水退了以后，大家看到，被洪水袭击后的隧道里，支撑的排架倒塌了，许多地方在塌方，满载石渣的斗车翻下了轨道，粗大的圆木横七竖八地倒在作业面上，施工的器材被埋在 1 米多深的淤泥里，为恢复生产带来了重重困难。

大家都表示："把被洪水耽误的时间夺回来！让线路早日胜利通车！"

他们争分夺秒，不分昼夜地苦干，提前 19 天把上千立方的淤泥清理出洞外。

在清理的过程中，导坑上面发生了大塌方的险情，战士们和民兵们扛着粗大的圆木冲了上去，他们在碎石纷纷下落的危险情况下，竖立柱，架横梁，迅速加固了排架，保证了施工顺利进行。

打通襄渝华蓥山隧道

铁道兵五八三二部队的指战员，正战斗在襄渝铁路建设工地上，他们先后担任了打通华蓥山三期隧道重点工程的任务。

华蓥山脉绵延300公里，是当年川东华蓥山游击队"双枪老太婆"和红岩英烈江竹筠战斗过的地方。

大家都在长篇小说《红岩》中读到过，当年，华为曾经向江姐讲过这样一段话：

将来，我们要在华蓥山里开凿石油钻井，在嘉陵江上架起雄伟的铁桥，让铁路四通八达，把这里富饶的物产运到全国各地去！

现在战士们就要在华蓥山的腹中建成三座"地下长廊"，让襄渝铁路从这大山中穿过去。

一座3000多米的隧道导坑正向华蓥山腹部延伸。

一天放炮后，掌子面上突然喷出一股股泉水。这种泉水粘在战士们皮肤上，马上就会起疙瘩，而且又痛又痒。如果溅进眼睛，就像洒进了辣椒水，双眼马上又红又肿。

技术员化验后，说这是一种含游离状的硫酸根腐蚀水。它不仅对人体健康有严重危害，而且对一般水泥也有腐蚀作用。

为了保证工程质量，战士们采用了一种特制的抗高酸水泥。但是，保障施工人员健康的眼药和防腐设备却一时不容易解决。

面对如此情况，广大指战员们坚定地表示：为了加快铁路建设，别说是腐蚀水，就是铁水也挡不住我们前进的步伐。

各连队纷纷要求打头阵。大家一起献计献策，研究出防腐蚀措施：

洞顶漏水，他们就撑起雨布当天棚。炮眼容易喷水，大家就在钻杆上戴上草帽作防护。他们还随时根据石质的变化，及时调节风力的大小。

采取这些措施，有效地减轻了腐蚀水的危害。

一次放炮的时候，一股泥浆应声而来，在很短的时间内，齐腰深的泥浆就填塞了200多米导坑。这时，像糯米粥一样的泥浆不能自行外流，抽水机也用不上，这些泥浆成了前进路上的拦路虎。

正在这座隧道蹲点的部队党委成员，立即带领干部战士们查看险情，采取"接力排浆"的方法，大家用桶、盆、土箕往外端，顽强奋战了三个昼夜，排除上千立方米的泥浆，胜利地通过了有严重腐蚀水质的地段。

大家在初战告捷后，又立即乘胜前进，他们顶风冒雨，徒步行军，迅速转战到大坪隧道工地上。

在这期工程中,有一座 2000 多米的隧道要通过青石岩。这种岩石坚硬如钢,大家过去在施工中很少遇到过。

战士们开始用钻头钻,但大家发现,钻头打在石头上,只见冒火星,不见往里钻。一米深的炮眼,常常要打断几根钻杆,换两三个合金钻头。

打眼不容易,爆破更是困难。炸药装多了,就会放出冲天炮,而炸药装少了,又炸不开坚石。一时工程进展十分缓慢。

针对这种情况,党委成员决心深入实际,深入群众,让大家想办法来攻克难关。他们组成有干部、战士和技术人员参加的三结合指导小组,到作业面上调查研究,广泛征求群众的意见。

副部队长郭述坤蹲在隧道工地,他冒着危险,观察爆破效果,摸索施工经验。炮声震得郭述坤患了爆炸性耳聋病,但他仍然坚持不离开工地,和战士们一起总结经验,取得了组织指挥施工的主动权。

风枪手开动脑筋想办法,爆破工连夜研究新方案,技术人员走出办公室,进隧道同战士一起搞试验,就连炊事员送开水到工地的时候,也挤时间参加研究。

大家就这样,打一次炮眼就作一次分析,放一排炮就总结一次经验,终于摸索出一套适应青石岩的施工规律:打双层中心掏槽炮,扩大岩石的悬空面,控制钻杆转速,以缓对硬,炸药装到炮眼的四分之三,用黏土堵实。

大家想出的这些办法都很有效，炮声一响，铁青刚硬的岩石开了花，掌子面上炸得齐刷刷的。工效成倍提高了，月成洞由 100 多米上升为 400 多米，很快提前完成了隧道的主体工程。

　　战士们胜利完成大坪隧道的施工任务后，又奉命来到白岩寨，同兄弟部队并肩战斗。

　　白岩寨隧道长达 4700 多米，由于地质相当复杂，给施工带来很大的困难，成为整个线路上控制工期的重点工程之一。

　　施工一开始，塌方就接连不断，每前进一步都很困难。

　　一天，导坑切开一个有碳质绢云母片岩和多种压碎型岩混杂在一起的大断层，一瞬间，乱七八糟的岩石像散了箱的玻璃片，哗啦啦地落下来。不一会儿，50 多米的覆盖层塌了。

　　施工的间隙，领导在工地上召开"诸葛亮会"，仔细分析塌方的情况，大家认为，断层塌方频繁，但只要抢在塌方前立好排架，就能制服大塌方，加快工程进度。

　　于是，他们决定打以堵对塌的进攻战，争取施工的主动权。

　　上级把导坑掘进的主攻任务交给了十一连和十六连，这两个连队善于啃硬骨头，曾多次打头阵，被兄弟连队称为"开路先锋"。

　　两个连队像两把尖刀一样，直往山腹中插去。

十六连首先进入一个大断层,党支部立即集中人力物力,迎战塌方。

在放炮后的间隙,连长莫自健领着战士们争分夺秒,先用他们革新的一种活动支架顶住危险的岩石,然后加固支撑,快速出渣。

大家正干得起劲的时候,不料塌方又开始了。干部战士们迅速展开了与塌方的搏斗。他们埋立桩,架横梁,填草袋,紧张有序,分秒不误。

全连战士利用这个机会,迅速立好一副副坚固的排架,顺利地通过了60多米长的大断层,并取得了单口月掘进161米的成绩。

经过大家的艰苦奋斗,他们穿过大断层570多米,战胜大小塌方800多次,提前完成了开挖任务,同兄弟部队在"地下长廊"胜利会师。

修建襄渝嘉陵江大桥

1969年春天，八七一五部队九连和大桥工程局一处一队修建襄渝铁路嘉陵江大桥。

接受了参加这座现代化大桥的任务后，大家意识到，他们是第一次修这样大的桥，建桥需要多种技工，而他们连队只有木工、钢筋工和混凝土工。

连党委针对这种情况，组织指战员们，请桥工队的老工人到连队传授经验。

正在这时，珍宝岛事件爆发了，黑龙江省巴彦县松江公社松江小学的4名小学生，给当年参加过大兴安岭林区铁路建设的九连，寄来了20块擦枪布，表达了他们对解放军的信任和希望。

战士们看到这20块擦枪布以后，决心在实践中边干边学，突破技术难关，提前建好嘉陵江大桥，作为支援抗苏前线的实际行动。

九连和桥工队为了争取时间，给架钢梁创造条件，分别抽调了部分人员在挖桥基的同时，开始组拼钢梁的工作。

大家都知道，组拼钢梁，不仅要出大力气，而且要有熟练的铆工技术。当时，这些青年战士初次踏上铆台的时候，别说铆梁了，就连扔过来的铆钉都接不住。结果，铆钉不是掉在地上报废了，就是落到别人身上，把人烫伤了。

战士们为了掌握传接铆钉的技术，利用工余时间，手拿接钉斗，站在相距 10 多米的位置上，用石块代替铆钉，扔过来扔过去地练。

接铆钉难，铆梁更难。战士们把 10 多公斤重的铆枪提在手里，时间一长，他们就感到腰酸背痛。还有那烧得通红的铆钉，火星四溅。

战士们不怕困难，但他们确实感到铆枪的技术要领不好掌握。一颗铆钉必须在几秒钟内铆进钢梁，而且必须整齐端正。

头一天，大家累得满头大汗，却只铆了 50 个铆钉，其中有一半质量不符合要求。

战士们并不气馁，他们拜工人为师，更加刻苦地实践。有一次，战士刘学东在钢梁槽里干得正起劲，不料一颗火红的铆钉落到他的脚边，顿时，平台上腾起一串火苗，把刘学东的裤脚烧着了。

刘学东赶紧灭了火，他卷起裤脚一看，右脚上已鼓起了好几个大泡。

别的战士看见了，纷纷要来接刘学东手中的铆枪，但他说了声"不要紧"，双手依然紧紧地握着欢叫的铆枪，继续琢磨着铆梁的要领。

经过一段时间的实践，铆工班的铆梁速度由原来的每工班 50 颗增加到了 300 颗。

春末的时候,嘉陵江上一直下雨,大家都知道,一年一度的春汛就快要来到了。

战士们为了使位于江边的两座桥墩摆脱洪水的威胁,日夜奋战在江边上。

1969年4月1日,一号和二号桥墩基础已经抢先造了出来。这时春雨越来越大,江水也一天天上涨,二号墩在紧张地灌注混凝土,施工日进度由开始时的两米上升到三四米。

二班负责搬运水泥,他们个个挥汗如雨,汗水沾上水泥,腐蚀得皮肤火辣辣地疼,但大家都没有歇一歇。

在工作平台上,一班长陶仁元右手有伤,用左手挥动着小红旗,紧张地指挥混凝土吊罐升降。

陶仁元右胳膊上长了一个脓疮,上班之前,硬是被连长派卫生员把他送到了营部卫生所。陶仁元从卫生所上了药回到营房,他趁卫生员没留神,又悄悄地拿着工具,奔到了工地。

连长发现陶仁元后,一把拦住他说:"回去,你现在的任务是休息!"

陶仁元哪里肯答应,他央求连长说:"连长,你不是给我们讲,要发扬珍宝岛自卫反击战英雄们的那股劲吗?这里也是战场。我只生了一个疮,怎么能下火线?"

连长只好随手把小红旗交给陶仁元,让他在那里指挥混凝土吊罐。

天渐渐黑了,电灯在风雨中放亮了。但江边的工地上仍然人来人往。这时,二排接替一排的班来了。

但一排坚持不下班,二排不同意,他们双方争执不下,只好一同干了起来。这一天,他们共同创造了灌注7米的最高纪录。

二号墩抢在洪水到来之前,仅用7天时间就灌注完毕了。灌注桥墩的战斗一结束,拼架钢梁的工作紧接着就开始了。

盛夏的重庆,一会儿是骄阳似火,把钢梁晒得滚烫,一会儿却又暴雨倾盆,把钢梁淋得溜滑。

大家就在这样的气候条件下,把那成千吨的钢件拉到空中拼铆起来。

一天夜里,九班的战士们和工人们正在梁上作业。突然雷鸣电闪,狂风卷着团团乌云贴着钢梁的顶端而过。转眼之间,像万箭似的急雨斜射。

一时间,庞大的钢梁在风雨中颤动起来。那固定在大桥顶端重达20吨的起重吊机像一匹受惊的烈马在空中鸣叫着。

遇到这样的天气,按常规是不能在梁上作业的,然而钢梁正在合龙之中,情况再紧急也不能丢下悬在空中的钢梁,何况这又是一场与时间赛跑的战斗。

连队党支部成员和工人们一起研究了风雨中架梁的安全措施,便指挥部队以最快的速度合龙钢梁。

命令一下,战士们一个个像钢浇铁铸一般地屹立在大桥上,当吊装钢梁上弦接近连接点的时候,由于晃动太大，迟迟不能合拢。

为了稳住弦杆，让它迅速架到托梁上，苏家秋冒着生命危险，敏捷地爬到了悬空吊着的弦杆之上，和工人们紧密配合，终于使钢梁成功合拢了。

在修建大桥的日日夜夜里，九连和工人们以国家利益为重，大桥的每个部位都渗透了他们忘我劳动的汗水。

有一天，铆工班在钢梁组场上铆梁，经过一个上午的紧张工作，一片钢梁已经铆完了。这时，班长高少霜像往常一样，他拿起榔头把梁上的100颗铆钉认真地检查了一遍。高少霜突然发现其中有4颗铆钉有点儿震手的感觉，他凭着经验，判定这是铆接不紧的现象。

高少霜立即决定推迟下班时间，把这4颗铆钉割下来，重新铆接。

于是，战士们重新烧起炉子，端起铆枪，严格按照技术规定，把4颗铆钉端端正正地铆了上去。

高少霜为了慎重起见，又一次拿起榔头将这4颗铆钉敲打了一阵，想不到，他感觉还是有些震手。高少霜一时陷入了沉思之中，思考这其中的原因。

高少霜深深地懂得，这几颗铆钉虽然小，但却承载着钢梁的一部分重量，直接影响大桥的质量，他决定不能轻易放过。

这时，有人提出，是不是螺栓没有拧紧呢？

高少霜于是又和大家一起，把那些螺栓重新拧了一遍。可是震手的现象仍然没有消除。高少霜下定决心，不找到原因决不罢休。

高少霜通过认真检查，从螺栓的孔里发现，在两块钢件中间有大约两毫米的细缝。于是高少霜对大家说："是不是中间夹有东西？"

大家也觉得根子可能就在这里，可是，要取出梁里的东西，必须把一上午铆上去的几十颗铆钉统统割掉，这需要很大的工作量。

战士们没有丝毫的犹豫，他们想到铁路是百年大计，再麻烦也要确保大桥的质量。

经过第三次返工，终于找到了黏在钢梁油漆上的一块直径4厘米、厚两毫米的垫圈。

当大家把这块钢梁重新铆接起来的时候，太阳已经下山了。

水上运输筑路物资

1970年春天,五八五二部队指战员日夜兼程,来到崇山峻岭的陕南,参加襄渝铁路建设。

由于这里没有公路,给养、燃料、修路用的机械、材料,全靠肩挑人扛,直接影响着铁路施工的速度。

部队党委决定:在抢修施工便道的同时,立即成立水上运输队,利用航道,发展水上运输。

党委把这项重要任务交给了后勤处长朱兴明负责。

朱兴明了解到,汉江流经秦岭、大巴山麓,两岸重峦叠嶂,江面狭窄,水流湍急。而且江里险滩相连,暗礁林立。同时水情多变,时清时浑,时涨时落,行船十分危险。

当地人对朱兴明说:解放前,这里的人很少以行船谋生。解放后,汉江水运事业虽然有所发展,但也只能用木船和几只小汽轮搞短途运输。

而当时参加水上运输队的人们,大多数都是第一次干这项工作。上级配备的又多是水泥驳船。

当时有个搞过水上运输的人见了这些船,摇着头说:"解放军同志,就凭这些水泥驳船,要在汉江上游搞长途运输,难哪。"

但是,战士们却说:"航道是人开辟出来的,我们就不信汉江是驯不服的野马！"

朱兴明当时想，说这话的人虽然有保守思想，但他毕竟是喝过汉江水的人，必须引起警惕。

朱兴明为了掌握汉江的特点，他和战士们一起向老船工请教，亲自打桨在水上摸索。

经过几天的实践，初步摸到了一些规律，党支部决定试航。可是第一次航行就触了礁，一条崭新的水泥驳船沉到了江底。

已经夜深人静了，朱兴明还在江边的草棚里苦苦思索，这时，他想到毛泽东的《实践论》中的内容：

> 人们要想得到工作的胜利即得到预想的结果，一定要使自己的思想合于客观外界的规律性，如果不合，就会在实践中失败。

朱兴明一下子想通了：试航失败，不正是因为我们没有真正认识汉江吗？要想完全驾驭它，还必须再入虎穴，摸透汉江的脾气，练就一身适于汉江航行的硬功。

朱兴明把战士们叫起来，战士们围坐在江边的沙滩上，朱兴明对大家说："同志们，我们在内蒙古大草原上学骑马的时候，不也摔过跤吗？后来，我们学会了骑马，获得了草原上的自由。现在在汉江上，我们又碰了钉子，但只要我们认真实践，从失败中吸取教训，也一定能够获得水上的自由。"

从此以后，战士们不论刮风下雨，日日夜夜地练习，早晨披着浓雾出发，晚上披着星光回来。他们轮流站在船头观察险滩，争先恐后潜入江底察看暗礁。有的时候，为了查清一个地方的暗礁，他们往往要用掉好几个小时。

每当他们遇到困难的时候，只要抬头看看那系着绳子在悬崖峭壁上打眼放炮的战友们，就浑身充满了力量，什么困难也不在话下了。

他们紧密团结，连续战斗，很快就查明了航程内的20多处险滩和100多处暗礁，摸清了航道情况。另外，他们虚心向老船工学到了许多宝贵的实践经验，每个人脑子里都印下了汉江航线的"活地图"，终于获得了白天航行的自由，用水泥驳船安全运送了大批军需给养和施工器材。

1971年，铁路建设速度加快了，施工需要的材料也成倍增加。这个时候，虽然早已经修通了公路便道，但由于车辆有限，公路又常被暴雨冲坏，材料仍然供不应求。

朱兴明这几天来一直在思索一个问题："能不能开辟夜航增加运输量呢？"

朱兴明把这个想法向党委作了汇报，得到了党委的支持。

可是，有人却说："汉江自古不夜航。"

朱兴明不信这个邪，他想："路是人走出来的，我们铁道兵战士走南闯北，常常到了一个新地方，不是连小路都没有吗？但当我们迎来汽笛高奏，打起背包奔向新的战斗岗位的时候，不仅留下了钢铁大道，而且还留下了条条公路和密如蜘蛛网的小路。现在夜航这条路，也正需要水运队自己亲自闯出来。"

朱兴明来到战士们中间，他正准备和大家商量夜航的事情，已经有好几个战士首先向朱兴明提出了这个问题。朱兴明当时很感动，他想：有这样自觉的战士，还有什么艰险不能战胜呢？

于是，水运队就能不能夜航的问题展开了热烈的讨论。

战士利长林说："那些天天在隧道里冒着塌方危险，日夜战斗的战友们，为什么不怕流血牺牲；登高英雄杨连弟在没有脚手架的情况下，攀上40多米高的桥墩，为什么没有考虑个人安危？因为他们心中只有革命。今天，为了修建好襄渝铁路，我们难道就不应该去闯一闯吗？"

几十双眼睛一下子都集中到了朱兴明身上，大家就等他最后决定了。

朱兴明一向办事果断，但在这一刻他却有些犹豫了。因为这时朱兴明更感到了自己肩上的责任重大。多年的实践使朱兴明认识到，在战场上，指挥员每一点小小的过失，往往都会造成很大的损失。现在虽然不是战火纷飞的战场，但它同样是一场战斗。指挥员的任何一点轻心，也同样会付出不必要的代价。

朱兴明决心带领大家去摸清夜航的航道。

就这样，朱兴明带领战士们在汉江上送走了一个个夜晚，迎来了一个个黎明，仔细地观察着江面的变化。

大家发现，在阴天的夜晚，山水浑然一体，除能听到水声外，其他什么也看不清。但在晴朗之夜，江面水波可见，两岸峭壁清晰，航线比较清楚。要是在月夜，光线就更好了。

党支部召开了军事民主会，对丰富的第一手资料作了详细分析，认为夜晚能见度虽然比白天差得多，但只要大胆谨慎，适当减速，夜航是完全可能的。

大家说干就干，他们领来了大探照灯，等于给汽轮前后都安上了眼睛。他们又找来了竹竿，站在船头准备探礁。

大家精神抖擞，团结战斗，第一只满载施工器材的汽船终于顺利通过了道道险滩，绕过处处暗礁，胜利到达了目的地。

自此以后，夜晚的江面上，船只川流不息，运输量提高了将近一倍，不仅保证了部队施工用料，而且还能腾出力量支援地方和兄弟单位。

有一段时间，天像被谁捅了个窟窿一样，大雨倾盆，下个不停，山洪冲垮了公路，汽车运输中断了。汉江仿佛发了疯一样，巨浪一个追着一个，水上运输也被迫停止了。

一次次紧急电话穿过急风暴雨传到了江边码头：再

过4个小时，郭家河发电站就会因为缺油而停电，上级要求水上运输队必须马上把油送到。

正在值班室的助理员李景芳，被这电话声深深地震动了。李景芳赶紧把这个消息告诉了正在水运队蹲点的朱兴明。

朱兴明一听到这个消息，顿时意识到情况严重。他焦急地望着夜空，倾听着咆哮的洪水，一时陷入沉思之中。

郭家河发电站是由13部大型柴油机组组成的大发电站，每天要喝下好几十桶柴油，发电站供应着全部队施工和生活用电。

一旦郭家河发电站停止了运转，整个工地立即就会变成一片漆黑，全部工程都不得不停顿下来。

朱兴明和李景芳几乎是同时看了看手表，已经是午夜24时了。

朱兴明果断地下了决心："时间刻不容缓，立即连夜抢运！"

一阵紧急集合的哨声响过后，码头上的民兵迅速冒雨装好了船。朱兴明和李景芳来到船上的时候，他们发现加上他们俩一共才7个人。

而且，其中老何脖子上长了个疖子，行动很不方便，前几天就动员他去住院，老何死活不肯走。

班长利长林又发着烧，正准备送他去医院。李景芳看到利长林摇摇晃晃地起锚拉缆，心疼地过来拉住利长林，对他说："快收拾一下，上岸住院。"

战友们也纷纷围过来劝利长林上岸，利长林激动地说："夜间送油，水大浪急，船上人手又少，我是共产党员，怎么能在这个时候离开战斗岗位？"

大家也意识到，在这个紧急时刻，船上多一个人就多一分力量，利长林不肯去，大家也不能再耽误一分钟时间了，只好让他参加运输。

大家简单开了碰头会，把途中可能遇到的一切意外都作了安排，就信心百倍地起锚开航了。

夜航对水运队来说早已经是家常便饭了，但是今天的夜航不比以往，风大浪猛，船只一会儿被抛到浪尖，一会儿又被摔到了浪谷，马达吃力地吼叫着，船在浪涛中颠簸着前进。

有人大喊："注意，要进十号滩了！"

这里，两岸是刀切一般的峭壁，滩的上端是浅滩，下端是深潭。水从高处跌下来，形成了无数的旋涡。北岸，又有一块巨石伸向江中，航道在这里狭窄弯曲。水声在峡谷中回响，浪花在江面上飞舞。十号滩是水运队员们自己给它编的号，它在水运队中有"小三峡"之称。

今天，十号滩变得更猖狂了，它露出凶猛险恶的气势，飞起的浪花足有 3 米多高。

船上，人们的心都紧张得快要跳出来了。一双双睁大的眼睛紧盯着江面，准备应付随时可能出现的任何意外。

朱兴明站在船台上,他听着风吼雷鸣,看着一道道划破夜空的闪电,并不时地发出简短有力的命令。

机舱里,利长林两颊烧得通红,但他强打起精神,站在发动机旁边,布满血丝的双眼紧盯着各种仪表。

船台上,严水平急速地转动着方向盘。

"向左!""向右!"就在急转弯处,船身突然失去了平衡。"哗啦"一声,江水漫上了甲板。

严水平猛打方向盘,船刚正过来,只听"啪"的一声,钢缆断了,油船被激流推着急速后退,顷刻间就有被冲走的危险。

在这千钧一发之际,一个战士抓起另一根钢缆,从汽船上一个箭步跳到油船上,迅速绑好了钢缆。

利长林用他那烧得发烫的手猛推油门,发动机以每分钟1600转的高速超负荷运转。

险情终于排除了!汽船拖着驳船,又迎着激流破浪向前。经过艰难的行程,汽船终于按预定时间安全靠了岸,一桶桶柴油及时送到了发电站。

三、铁路通车与启用

- 机械连出动推土机,一个营用铁镐和铁锹,好不容易才清除掉了塌方,修好了护坡,又筑起了混凝土挡墙。

- 大家齐声说:"大庆人能用脸盆端水让钻机提前开钻,我们也能用水桶排水挖基坑。干,一分一秒也不能等。"

- 老大爷说:"同志啊,吃吧,当年反动派围困白河,就是我们驾船送去柿子,让子弟兵填饱肚子打老蒋。有我们白河的老百姓在,就什么困难也甭想卡住你们。"

襄渝铁路全线通车

1973年10月19日,襄渝铁路在陕南棕溪站接轨。

为了确保线路质量,他们采取分段交付使用的办法,先后将东段和西段陆续交付国家使用。

襄渝铁路工程的完工典礼要在紫阳县城举行,为了在典礼时有好喝的,以表示大喜,当地政府就选用了紫阳当地产的"紫阳毛尖"。

出席典礼的人又有多少号人呢?大家都不清楚,但上边说了:要有备无患。

因此修铁路的那三年,驻地周边的山民们就都在为那一年一家几钱的任务忙活了。

在欢庆襄渝铁路全线贯通的联欢会上,向荣大队业余宣传队热情地唱道:

巴山高啊,汉水长,
比不过子弟兵爱民情谊长。
为革命深山修路创业绩,
为人民又造良田谱新章。
铁路延伸千里远啊,
为民赞歌传四方。

襄渝铁路通车后,有一名当年的筑路者首次乘车返工地,在经过张家山隧道时,他仔细看着手中的车票,一时间心潮起落,情难自抑,即兴写下小诗一首:

啊,这张火车票啊,
为何如此简洁,这般小巧?
我久久地抚摸着你呀,
浑身的热血在燃烧!

我看见,险滩急流飞大桥,
我看见,悬崖峭壁走隧道,
我看见,风雨雷电在滚动,
我看见,春夏秋冬百花笑!

多少个酷暑严寒的凌晨,
我们用战斗迎来雄鸡高唱,
多少个红霞似火的傍晚,
我们用歌声驱散一天的疲劳。

多少个漫长的寒冬与霜夜,
我们围着一堆堆跳跃的火苗,
大家幻想有一天拿着你呀,
向孩子们讲述当年的辛劳。

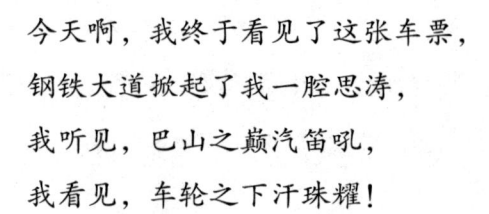

今天啊，我终于看见了这张车票，
钢铁大道掀起了我一腔思涛，
我听见，巴山之巅汽笛吼，
我看见，车轮之下汗珠耀！

啊，这张手中的车票啊，
并不简单，并不小巧，
它是筑路军民苦战的缩影，
它饱融人民爱，战友情，炮火狂飙！

我久久地亲吻着您啊，
一颗心仿佛要跳出胸膛！

制服襄渝蒙脱土灾害

1973年10月襄渝铁路接轨通车后，八九二〇二部队抓紧收拾配套工程。

这时，陕南地区却遭遇了1974年、1975年两次特大暴雨和洪水的袭击，几十公里新建成的铁路上，滚滚的烂泥推倒了挡墙。

面对这突然出现的灾害，八九二〇二部队的领导干部和技术人员，纷纷深入工点，察看险情。他们会同铁道部第二设计院的专家们一起，经过实地考察，调查研究了水文地质情况，发现这不是一般的山体塌方，而是一种叫作"蒙脱土"的东西在作怪。

这在铁道兵筑路史上还是个新的课题。

早阳车站是蒙脱土病害最严重的工点。这里平时看着山势平缓，连日的暴雨后，十几万立方米的泥土顷刻之间就塌落在路基上。

机械连出动推土机，一个营用铁镐和铁锹，好不容易才清除掉了塌方，修好了护坡，又筑起了混凝土挡墙。

不料几场雨一下，这些泥土又越墙而过，有的护坡也被鼓翻了。真正是：晴天硬邦邦，下雨变成汤，清了一方来两方。

这时，有人向部队总工程师顾传勃提出："在蒙脱土上能否修路基得重新考虑!"

顾传勃一边查阅有关地质资料,一边和三结合小组翻山越岭,访问群众,他们一个个山头地察看,一条条小沟地探查,顶风冒雨,记录下地质变化的情况。

一天,顾传勃和大家看见山坡上有个供销合作社,正建筑在蒙脱土上,但却立得很坚固。他们便爬上去仔细观察、询问。

一些当地群众十分关心铁路建设,他们纷纷主动前来提供情况。

有的群众说:"这些山上的土,下雨就往山下跑,叫跑山跑土。"

另一个人说:"这些山上的土,日晒夜露就成了碎渣渣,又叫鸡粪土。"

群众都说,要是不知道底细,用它打墙建房,头年建成,三年就得搬家。他们还介绍了深挖房基、搞好排水和多植树木的治山盖房经验。

顾传勃听得非常仔细,他把边视线投向那些房舍和附近的村户。顾传勃发现那些房基都挖得很深,四处都通着沟渠,周围都种着茂密的树丛。

大家经过反复的调查和实践,终于认识和掌握了蒙脱土的特性。

顾传勃兴奋地写道:

蒙脱土,是一种膨胀性的裂隙黏土。这种

土在风吹日晒后，土体产生无数裂隙，下雨时，裂隙迅速吸水，土体便出现膨胀，膨胀力和呈流塑状的土体，便挤倒挡墙，挤裂边坡，导致大量塌方。

于是，大家总结出了以筑挡墙为主，辅以排水、护坡、清理等一整套综合治理的措施。

大家终于把蒙脱土治住了，使这里成为"挡墙一条线，护坡连成片，渗沟密如网，草皮满坡面"的坚固路基。

锚山固石保障铁路安全

1973 年襄渝铁路通车以后，正准备交付国家使用。

可是，线路中段却遭遇到特大暴雨的袭击。1974 年 10 月，赵家塘地段出现了山体滑动，造成隧道开裂、站房倾斜、轨道变形等现象，使新建成的铁路面临山倒路断的严重局面。

面对这突然出现的巨大险情，国家建委、中国科学院和铁道部第二设计院等 10 多个单位的专家们，马不停蹄地奔赴现场，同部队指挥员、技术人员一起，实地考察水文地质情况。

他们在铁路旁架起仪器，昼夜观测，在山麓上开挖深井，细细察看。

通过仪器观察分析，发现原来是这个约 230 万立方米的巨大山体，每月以 30 毫米的、人的肉眼看不见的速度缓缓向江边新建成的铁路线上移动，推移着铁路路基。

如果绕开这段山区，改变路线走向，把已建成的几个车站、大桥、隧道就得报废，会给国家财产造成巨大的损失。

大家为了确保线路质量，决定发扬连续作战的精神，全力研究固山锁石的方案。

八九三〇六部队和八九三〇八部队领导机关和国家

有关单位派人多次研究，决定采用打锚固桩锚山的综合治理方案。

就是说要在滑动的山体上，从山底到山腰，分三排筑起深达 14 米到 48 米、桩身断面为 9 平方米到近 25 平方米的 63 根钢筋混凝土的巨桩。

这些锚钉相当于 4 层楼到 12 层楼高，7 个人到 12 个人才能合抱得住，把它们深插入山体内，就能将滑动的山体和大地牢牢地锚固成一体。

八九三〇六部队一、二营和八九三〇八部队四营承担了这项艰巨的任务。

当时，山洪暴发，冲断了通往工地的简易公路，粮食和施工工具、材料都运不进去。

但是战士们不等不靠，他们高呼着大庆人"有条件要上，没有条件也要上"的响亮口号，白天刷坡平场地，抢修简易公路，晚上背运粮米，扛抬机具。

没等施工机械运到，大家便披霜挂雪，刨开冻土，抢挖锚固桩的基坑。基坑在一米一米地往下掘进。没想到，在有的基坑挖下去 10 多米的时候，遇上了地下水，日涌水量达 90 多立方米，一天工夫，坑内积水就深达三四米。

要排水，可是抽水机得 7 天以后才能运到工地。

大家齐声说："大庆人能用脸盆端水让钻机提前开钻，我们也能用水桶排水挖基坑。干，一分一秒也不能等。"

大家就用水桶一桶一桶地往外提水，渐渐地水越来越少了。

蒋尚礼、吴老桥发现用吊桶舀水不方便，他们就跳进水里，用脸盆一盆一盆地往吊桶里舀水。结果，他们两个的身上都泡白了，嘴唇也冻紫了，但他们坚决不让别人换。

可就在这时，由于铁路中断、汽车用油，施工急需的水泥，卡在了几百里外的车站上！

为了按时完成锚山任务，部队决定用木船抢运水泥。

一时间，汉江中几十只木船满载水泥，浩浩荡荡排成一字长龙。江岸上，拉纤的战士们头顶着炎夏的烈日，艰难地跋涉着。

大家携带的干粮吃完了，壶中的开水也喝干了，可是，为了把水泥早一分钟送到工地，他们都忍着饥渴，脚步一刻也不停下。大家一起拉呀、拖呀，粗糙的袢带勒破了红肿的肩头，一串串的汗珠滚进了脚下灼热的沙滩。

这时，部队的夏玉瑗团长突然昏倒了，战士们都围了过来，高声地呼唤着他。大家这时才发现夏玉瑗的胶鞋早就磨透了，尖利的岩石刺破了脚板，鲜血染红了鞋底。

战士们都沉默了，有人倏地背过身去，但他的泪珠已经落在夏玉瑗深陷的脸颊上。

夏玉瑗一下子睁开了眼睛，他连声问道："干什么？

围着我干什么？"说着，夏玉瑗紧紧攥住纤绳，他挣扎着要站起来。

这时，附近的乡亲们也闻讯起来了，男男女女，老老少少，肩扛木桨竹篙，手捧玉米馍馍，呼啦啦拥到了江岸，一齐加入了拉船的行列。

一位白发苍苍的老大爷，把两个通红的柿子塞进夏玉瑗手中，颤巍巍地说："同志啊，吃吧，当年反动派围困白河，就是我们驾船送去柿子，让子弟兵填饱肚子打老蒋。有我们白河的老百姓在，就什么困难也甭想卡住你们。"

夏玉瑗激动地叫道："老人家……"再也说不下去了，他揣好柿子，一步跳上船头，操起长篙，声音哽咽地大声喊道："同志们，为了人民，为了四个现代化，前进！前进！"

大家也齐声喊着："前进——前进——"船队冲破逆流，绕过暗礁，昼夜兼程，直奔锚山工地。

到 1976 年 7 月 19 日，部队提前 41 天完成了 39 根钢筋混凝土锚固桩的灌注任务。

1976 年 12 月，锚山工地风吼雪飘，气候寒冷。

某团七连在速凝剂一时供应不上的情况下，大家毅然灭掉了大家用来取暖的炭火，把木炭从连部、从班排汇集起来，抬到了工地上。

大家在基坑底部生起盆盆炭火，人工加温，争取时间坚持施工。

经过部队官兵 27 个月的顽强奋战，锚山部队提前 110 天高标准、高质量地筑成了各种不同规格的锚固桩，灌桩总长达 1656 米。

原来自行滑动的山体，老老实实地在新建的铁路边上垂首站立着。

隧道保住了，线路稳住了。

从南来北往的列车上，人们看到那山坡后的山头上，露出来的一排排银灰色的钢筋混凝土的巨桩顶端和锚定后的山头，都禁不住连声喝彩、欢呼。

本书主要参考资料

《国史全鉴》本书编委会编 团结出版社

《共和国五十年珍贵档案》中央档案馆编 中国档案出版社

《三线建设铸造丰碑》王春才主编 四川人民出版社

《铁道兵不了情》宋绍明主编 解放军文艺出版社

《穿越大裂谷》王春才主编 四川人民出版社

《邓小平与中国铁路》孙连捷著 中共中央党校出版社

《决战大西南》中华人民共和国铁道部主编 中国铁道出版社

《襄渝铁路创建记》中国人民解放军铁道兵政治部宣传部编

《情漫山河》解放军文艺出版社

《铁道兵回忆史料》中国人民解放军历史资料丛书编审委员会编 解放军出版社